愿在漂泊的岁月里
战无不胜

yuanzai piaobo de suiyueli
zhanwubusheng

沈念 /著

文汇出版社

图书在版编目 (CIP) 数据

愿在漂泊的岁月里战无不胜 / 沈念著 . — 上海：
文汇出版社 , 2016.5
ISBN 978-7-5496-1737-1

Ⅰ . ①愿… Ⅱ . ①沈… Ⅲ . ①随笔 - 作品集 - 中国 -
当代 Ⅳ . ① I267.1

中国版本图书馆 CIP 数据核字 (2016) 第 080428 号

愿在漂泊的岁月里战无不胜

著　　者 / 沈　念
责任编辑 / 戴　铮
装帧设计 / 天之赋设计室

出版发行 / 文汇出版社
　　　　　上海市威海路 755 号
　　　　　（邮政编码：200041）
经　　销 / 全国新华书店
印　　制 / 河北浩润印刷有限公司
版　　次 / 2016 年 7 月第 1 版
印　　次 / 2022 年 7 月第 2 次印刷
开　　本 / 710×1000　1/16
字　　数 / 156 千字
印　　张 / 14

书　　号 / ISBN 978-7-5496-1737-1
定　　价 / 45.00 元

前　言

学着接受这个不完美的世界

　　这个世界，仍有硝烟燃烧，一些游民居无定所。

　　这座城市，交通拥堵，空气污染，每天早上，压力都会同你一起醒来。

　　我知道，这个世界不够完美，至少没有想象中那么完美。

　　也知道，这座城市不够精致，至少不能马上帮你实现梦想。

　　可这就是我们眼前的世界。

　　它真实，残酷，可也没有决绝到不给一个人留活路的境地。

　　再看看你的身边，每天又有多少人同你搭乘同一班地铁上班，晚上又再搭乘同一班地铁归家；在这座城市霓虹未灭的地方，清洁工人们早已开始一天的辛劳；这座城市月亮高悬在上空，余晖洒落在一波又一波刚加班完匆忙赶回家的路人的身上。

　　你不曾留意的某个陌生人，如果你肯靠近他去倾听，就会发现他的身上写满了故事，内心种满了坚强。

　　生活在这个世界里，你正一脸焦虑地赶着向前走，而你的未来，也正迫不及待地奔赴在路上。

　　年纪越大，我身边的人越来越少有抱怨。经历了多少年的雨雪风霜，他们或已被这个无情而冷酷的世界磨平了棱角，机械式地过活；或者决定从此痛改前非，种一把火苗在心上，向着残酷的未来宣战，誓要为自己的人生代言。

亲爱的朋友，我不知道你是哪一种。

时光有限，缘分尚浅，你有你的事情要做，我有我的故事要写。但我总觉得，上天会安排我们在某个特定的情境里，以某种温馨而特别的方式相见。

如果此时你捧起这本书，看到某些句子使你感到温暖，那就等于我们相识了。

如果你也刚好同我一样，年纪轻轻便独自去到一座陌生的城市闯荡。如果你也有心事，无处诉说，对这个世界仍有一些"自私""偏执"的看法，希望我们能成为朋友，一起聊聊天，谈谈心，在共同探索的路上早日寻找到彼此心中那个真实的自己。

不管遇到什么，希望你都永远不要唾弃这个世界的不完美——正是在这个并不完美的世界里，有那么多的前辈，努力活出了专属自己的精彩人生。

我不渴望也不向往所谓的"成功学"——究竟是取得一份骄傲的成就，还是每天都能赚一大笔钱，又或者突破自己实现了一个个小小的心愿才算作真正意义的成功呢？

我想，每个人心中自有他的定义。

我想说的只是，在万千个是非中，选择中，你找到你的，用力握住，就是一种单刀直入的成功。

每个单枪匹马勇敢闯世界的女孩，都让我钦佩；每个为梦想不顾一切的男孩，都是我心中的英雄。

愿我们每个人都能接受这不完美的世界，活出最棒最真最闪耀的自我。

目 录
Contents

第三章　保持活力，别让这个世界抹杀你的天性

第四章　加足马力，你要的一切只能靠自己奋斗

第五章　许下的心愿，再难也要一个一个实现

第六章　不忘初心，时刻让自己保持清醒

第 一 章

世界与你无关，认真走好脚下的路

一个人若看不清楚自己在团队中的位置，他（她）最终只能没什么位置；

一个人若认不清世界无非是一场自己与自己的较量，他（她）将永远成为自己的手下败将；

一个人若不以世界的"重心"来正视自己，执意为他人做了付出和牺牲，日后也许有一天，他（她）会想尽办法，将付出的一切从那个曾经被自己保护和给予的人手里变本加厉地夺回。

为此，一个人首先应当为自己而活。

你为自己活着，就是为所有人活着。

卸掉浓妆艳抹，做个素面朝天的好姑娘

让那些热衷浓妆艳抹的姑娘去浓妆艳抹，热衷清汤寡水的姑娘去素面朝天。

谁说保持清新自然不是另外一种风格的美？

作为一个女生，一个因行为和穿着都有些随意，而总被长辈们痛批为"邋遢"的女生，更多的时候，我的心里充满了委屈。

为什么我生来不是一个热衷打扮、喜欢将自己包装得更精致的女子？在镜子里的那张面孔，虽算不得是天生丽质，却也能在一般人的审美标准下，得个及格的分数。

偶尔，我也会对着荧屏里的大明星们幻想，要是我可以拥有像林心如一样的电动大眼，舒淇一般的性感红唇，等等，那完全就是林心如第二或者舒淇第二啊。但就算那个人长得再完美，可是跟我又有什么关系？

这也才知道，世上万般事情，只有敢于正视自己，承认自己，却是最难的。

既然你不爱厚厚的高跟和红唇，为什么要想着去迎合世俗的审

美，而将原本清简的自己变成另外一个人？

而又是谁说素面朝天的姑娘，就真的没有一点吸引力？

对，你的观点是正确的。

这是一个看颜值的时代，但并不是每个人，决定自己是否要和你做朋友或给你一份工作，都只是取决于你的颜值。

如果全世界都是爱美的姑娘，而爱美的姑娘都只有一种装扮自己的方式，就是通过化妆让自己变得倾国倾城，甚至有些人为了获得别人的赞许，拿着父母的血汗钱跑去韩国整容，那这个世界，到最后岂非只剩下了一种模样？

于是乎，姑娘们的美也都变得千篇一律——粗粗的"一字眉"，瓜子脸，大杏眼……世界还能丰富多彩起来吗？

而我想要表达的是，让那些热衷浓妆艳抹的姑娘去浓妆艳抹，热衷清汤寡水的姑娘去素面朝天。

谁说保持清新自然不是另外一种风格的美？

卸掉浓妆艳抹，也是表示要你卸去心中那厚重的枷锁。

我们太多人，太在乎身边人对自己的评价。

诚然，因为某些装扮受到别人的夸赞实在是一件幸福的事，可如果仅仅是为了想要获得这份称赞，就去做一些背叛自己初衷的事，未免又显得太过矫情。

一个姑娘肯对自己的容貌和穿着负责任，绝对是最本分的事情。但如果你本就不喜欢追随潮流，也完全有保持自我风格的自由。

敢素面朝天的姑娘，一般也都是凡事有自己的主见，内心兼具柔软与坚定的好姑娘。

跟这样的姑娘交流，你不必调动你的"防人之心"，她绝对会将心里所有的想法，都一股脑儿地告诉你；

跟这样心境开阔的姑娘聊天，也像走着走着突然看到一望无际的大草原，清新怡然；

这样的姑娘也通常没什么心眼，喜怒哀乐都在她的脸上呈现，虽然偶尔会让人觉得脾气坏、小心眼，但她从来不会藏着掖着，做人做事都是那么简简单单。

偶尔，也会很不好意思地主动跟别的人进行交流。

伤心的时候，习惯把自己的心事全部都藏在心里面。喜欢一个人独处的时光，每个不上班的周末，一个人看看电影听听音乐，好好地把流光遣散。跟朋友们出去聚会，总是抢着买单。

温柔起来像水一样包容。热烈起来像火一样激情。所有的年华在她这里，都是青春的底色。

是的，她们也没什么世俗的观念，像爸爸妈妈教的那些恋爱道理，并不会用在对付男朋友的身上。

记得每个她跟他的纪念日，会在情人节或他生日的前一天，自掏腰包订购一束芬芳的玫瑰花。每个月领到薪水，顾不得为自己买任何东西，第一件要紧的事，却是帮男友买下那件他一直都想要的黑色衬衫。

爱干净，屋子总是收拾打扫得干干净净。

做人也总有一种奉献精神。

是的，这样的女孩从来都不是能够专享王子宠爱的公主。她或许自小就生活在一个朴素平常的家庭，早已习惯默默地用自己的肩膀，去担负遇到的一切。

为人也很有责任心。

爱定了一个人，除非对方提出分手，不然她会跟着自己的选择直到海枯石烂。这样简单甚至有些透明的女孩，相处的时间长了，或许并不容易感知她的可爱，直到你遇到一个浓妆艳抹的女子。

我并不是对热衷浓妆艳抹的女子给予全部的否决，但至少她们中的一半，都对物质有着极大的膨胀欲望。

只不过有些人是跟自己要，有些人是想通过自己的外表，跟可以为此上钩并且买单的男人要。

生活在这座物欲横流的城市七年，行走在形形色色的女人之间，我也曾遇见过那么几个热爱浓妆艳抹的女子。她们身上喷着廉价的香水，浓墨重彩之下，是一张几乎难以分辨原本面目的脸。

我不知道这些女子是从哪里来的，也不知道她们想要去到何方，只是觉得化这么浓密的妆容，她们一定是想掩盖自己因为奔跑而显得略有疲惫的倦容。

还是喜欢郑爽出道之时的那种面孔，人如其名，简简单单清清爽爽。虽然，整容之后她的戏路开始变宽。

也许吧，每个人只要清楚自己想要什么，甘愿拿既有的去跟命运做出交换，并且愿意承担这一切所引发的后果，已属无憾。

然而，我还是喜欢清爽简单的女孩。

同事叶子就属这一类型。

作为一个 90 后，她并不属于传统意义上的那种"新新人类"，虽然领到月薪也会惦记着为自己淘几件时尚衣服，却总习惯第一时间将头发剪得短短的，然后齐齐地梳在耳后。

叶子喜欢刷微博、微信，一发现什么有趣的娱乐新闻，总会在第一时间告诉身边所有的人。最重要的是她只负责传递那条最新消息，并不会沿着消息本身乱扯些八卦。

叶子每天穿着一身干净整洁的衣服。周一如果是大红，周二就换格外清新的浅紫，绝不重复。

中午订了外卖，如果送餐时间超过 12 点，她就会嘟起嘴巴小小地抱怨一声；连在淘宝买的衣服过了一周没送到，也会开玩笑地说一句："苍天啊大地啊，要是丢了，我就再割肉送自己一件更好的吧。"

记得，我之前非常看好的一对早恋朋友，他们从高一就开始相爱了，并且约定此生只能够属于彼此。

可是非常不凑巧，他们毕业之后非但没能在一起，甚至因为性格不合导致彼此生恨，互相发誓要老死不相往来。

我问其中一位好友，导致分手的原因是什么，毕竟当初你们是那般相爱。

她回说："他那人有病呗。"

而我从另外一人那边得到的回答，却是——

"生活本身就已经很烦琐了，只想找个心思简单、安宁的女子。"

啊，原来竟是这样！

男人到最后选择的，无非还是一个乖巧懂事、简单干净的女人。

正如每个人的天性都不应遭到抹杀，保持外表简洁干净绝对是一项不错的选择。

所以，姑娘们，赶紧卸掉你那廉价到会损坏皮肤的浓妆艳抹，做一个素面朝天的女子。

正所谓"清水出芙蓉，天然去雕饰"，你将发现，妆容简单了，心也会随之放宽，即便你不去罗马，世界已在眼前。

有些梦想，再等等会更美好

> 现在的她，有了收入，有了一定的名气，有了更多的
> 朋友，也有了更多关于旅行采访的计划和想法——所以，
> 谁说有些梦想，再等等就不会变得更好？

2012 年 9 月，全民偶像李宇春推出一张名为《再不疯狂我们就老了》的音乐专辑，自此引发全民大规模的"疯狂行动"。

一些 80 后开始行动了，辞掉工作，带上相机，终于来了一场说走就走的旅行；而 90 后们也都开始蠢蠢欲动，越来越多的人加入寻找远方的旅行大军……

仿佛，眼下再不抓紧做些什么，一生的时光都将荒废。而那些急匆匆上路的人，却从未停下来，认真地问问自己——是否真的已经都准备好了？

之前，我很喜欢的一个"微博大号"，是个非常勇敢且特立独行的姑娘——琪子。

22 岁的时候，琪子从英国留学归来，因为非常喜欢写作，很想把花费了自己两年时间完成的心血结集出版。

于是，在那个阳光灿烂的下午，她满心欢喜地带着自己那 20 万字的书稿走入某出版集团的大门，结果，她被冷漠地拒绝了。

走出大门，琪子的内心一片荒凉，迎着一阵寒风，她听见了心底梦想破碎的声音。

可是她不甘心。为了能让文字顺利出版，琪子甚至想过自费，因为她是那么想要看到自己的文字变成铅字。

22 岁的琪子，也很想开启一场旅行，是周游世界的旅行，这可比河南某位教师提出的"世界很大，我想出去看看"要早得多。

可是当年的她，没有足够的旅行费用，除了有在英国留学两年的经验，几乎没有其他的旅行技能。

更要命的是，她尚未有能力购买到自己一直以来都非常中意的那款单反相机。这样，也就没办法将沿途优美的风光拍摄下来。

曾经，为了早日启程，琪子想过要不要先跟父母借用这一笔钱，等自己旅行结束，以后工作有收入了再慢慢还。

可是她的父母为了支持她留学读书，已经非常卖力，花掉了大部分的家庭积蓄。

想一想，她在英国留学期间，为了省点越洋电话费，父母一个月内只允许她打一次电话回家。并且，这两年，她的父母也没有购买任何其他贵重的礼物和衣物。

想到这里，琪子不由得感到双颊通红，心有惭愧。

是的，琪子从来也不是一个传统意义上安分守己的女孩。她的心里埋藏着许多美好的梦想，在有生之年，她想要把这一切一点一滴全部变成现实，因为她不想今生有遗憾。

但是现在，她的一些计划只好搁浅。

但琪子并没有放弃写作，而是将这些文字整理发布在了网络上。

没想到，几天过去，她的帖子下面竟真的开始有人关注，并且写了留言。

一个正在上大三的女孩留言表示说，很想买一本她的书，并且要她一出版就联系她；

一个来自南方的高二男孩留言说，自己将来的梦想也是成为一名作家，虽然他现在必须为了冲刺高考而努力，但他永远不会放弃这个心愿，只待考上大学时间宽裕了就去努力；

一个与她同龄且面对着相同境况的女孩则留言说，想要跟她一起拼搏，在人生的风雨历程中互相做伴。

还有很多很多的留言，温暖而感人。

似乎每个人都在向她诉说着，那一个个炙热新鲜的梦想；也都在渴望着，能有朝一日认识她，走进她的生活。

看到这里，琪子忽然灵机一动——既然有这么多人渴望走进我的生活，跟我分享他们人生当中有趣的事情，分享梦想，那我为什么不主动一点，带上我的一切去走进他们的世界！

当天晚上，琪子就将自己这个看起来似乎有些幼稚的想法，告诉了她的父母。出乎意料地，她原本以为等待她的是一场暴风骤雨式的训斥，却不曾想到会是父母无比欣赏和鼓励的目光。

而父亲的话更加令她感动："孩子，做你想做的事情去吧。我知道你一直想成为一名作家，出去看看别人的生活，说不定能为你的写作带来更多好处。"

那一刻，琪子感动到真的不知道能说些什么，只是用坚定的目光，回应着世界上那两位最爱自己的人。

一个月之后，琪子出发了。

第一站，去了距离家乡几千公里的东北。

是的，琪子是一位地地道道的南方姑娘。出国之前，她也曾去过北方，她很喜欢北方冬天的雪，纷纷扬扬的，落在庄稼人的田地里，落在村里校舍的房顶上，银装素裹，晶莹剔透。

南方很少能遇见真正的雪花，孩子们当然也没办法打一场欢乐又漂亮的雪仗。

在众多的网友中，琪子选择了一个正在长春读研究生的小姑娘。第一次决定走进陌生人的生活，她还没有足够的勇气选择一个异性。

研究生小姑娘早早地就在火车站等着她，她们两个像是奔赴一场前生的约定。

也不知道是为什么，或许就是那么一丝亲昵的感觉，琪子竟一眼就从熙熙攘攘的人群中看到了她。女孩那天穿着白色的羊毛衫，大红的围巾紧紧地包裹着上身，远远看去，就像一个可爱的大头娃娃。

琪子第一次住进陌生人的家里。

研究生女孩一家人都很热情，琪子是第一次吃到非常正宗的东北菜。吃完晚饭，女孩的母亲还一个劲地要她吃水果，来自陌生人的热情使琪子感到一股温暖。

也许是心细的研究生小妹看透了琪子的心思，她走过来，从桌上的盘子里拿出一个橘子，轻轻地放到琪子的手心："吃吧，现在到睡觉还得一会儿，我知道你有些紧张。"

异地他乡，能有这样一位陌生人关心自己，琪子都有些恍惚了。

东北的冬天很冷，家家户户都睡土炕，炭火把炕烧得非常暖和。到了睡觉的时候，研究生小妹执意要跟琪子住同一个房间，母亲执拗不过只好答应下来。

忘记她们从哪个话题开始聊天的了，聊到明星，聊到上海的天气，聊到全国各地的风俗，最后终又回归到彼此的梦想。

"琪子，你还打算出书吗？"研究生小妹问道。

"肯定啊，不过既然现在我走出来了，就只能先把出版的事情放一放。"琪子把整个身体都贴在热乎乎的炕上。

"等回到上海的家，我一定要跟爸妈分享下这有趣的经历。"她心里想着。

"我好羡慕你们这些有目标的人，像我，虽然现在考上了研究生，却是因为担心未来不好找工作才这样的。"小妹在她的旁边，忽然陷入了忧伤。

"也不是啊，只要你考上了就是好的。也许你现在还不清楚未来的路，但读完这三年研究生，或许这段经历能把你带到一个全新的高度呢。到时候再回头看看，或许就能有很多不一样的想法。"琪子鼓励小妹说。

然后她想着自己因为出版不成，到如今真的实现了走入陌生人的生活，世界上哪有什么是一定的呢——

就像鲁迅先生说的，很多路，都是走着走着才变成了路。

现在她总算是知道了，或许在当下那个关键的时刻，一个人很想达成某件事，但却会因为目前自身条件的不足，或是物质或是心智，而未能实现。

那么，不妨先把这些要紧的事情暂时放下，去设定一个全新的目标，尝试一些别的事情。说不定兜兜转转，最后也能找到合适的机会，去实现自己内心深处的愿望。

快乐的时光是短暂的。

在东北待了一个礼拜后，琪子很不舍地同第一个陌生人——

哦不，经过这段时间的相处，她们已经变成非常交心的朋友，挥手告别。

下一站，琪子选择去了北京。在这座历史文明悠久的一线城市，有个刚刚大学毕业的北漂正等待着她的光临。

你也许想不到这位女孩最后的结果是什么吧?

现在的琪子，已经出版了五部个人原创的作品，并且每一部都很畅销，有一大波的 90 后甚至 00 后都很崇拜她。因为她是个敢于拼搏和有勇气实现梦想的女孩。

而之所以能这么顺利地出版，只是因为琪子将过去两年所采访到的每个人的生活故事详细地整理后，发布到了微博上。

很多网友没有见过这样的故事，此前也没有人来做这样一项活动，很快，众多网友都成为她的忠实粉丝。

有了读者，自然就有了市场。于是，出版商们很快都找上门来。

是的，这两年的自费旅程琪子吃了很多苦，身体也因采访过程的琐碎而劳累，甚至在一个陌生的城市里大病一场。可是，所有的辛苦，终究换来了她梦想的开花结果。

这些付出，是值得的。

琪子说，正是这样的一场旅程，帮她找回了自信，找到了更棒的自己。这两年过去，她不但结交到了全国各地的朋友，更发掘了一个全新的自己。

现在的她，有了收入，有了一定的名气，有了更多的朋友，也有了更多关于旅行采访的计划和想法——所以，谁说有些梦想，再等等就不会变得更好?

你要知道，世界的重心是"你"自己

一个人若认不清世界无非是一场自己与自己的较量，

他（她）将永远成为自己的手下败将。

这两天，年近而立的我开始重看根据张爱玲所著小说《十八春》改编的电视剧《半生缘》。

记得第一次看这部电视剧，当时我还只是个年仅 16 岁的孩子，正在老家的县城上高一。

那时候，语文老师推荐我们课外要多读些名著，只不过我尚未涉猎到张爱玲，只是零零散散地看一些林清玄的散文，鲁迅先生的杂文。

但若依照我今天对张爱玲的认知程度，是绝对充满赞赏的。

如果说鲁迅先生是中国所有男作家中写人性写得最深刻的，那么女性作家中具有同等地位的，非张爱玲莫属。

13 年前初读这部作品时，内心只有满满地遗憾。

为顾曼璐全心全意的付出却未能换回美好的结局而遗憾，为顾曼桢与沈世钧相爱一场却未能相守而遗憾，也为石翠芝的选择而遗憾，为许叔惠的错过而遗憾。

如今再品这部剧，内心更多的是充满了一种悲悯与无奈。

无奈命运对这一家人不公平的安排对待，悲悯一对知心姐妹花终成敌怨。也看到了各人的挣扎与奋斗，在历史和人性的面前，是多么微不足道，犹如螳臂当车。

对于顾曼璐而言，生命是不公平的。

父亲突然去世，家道一败涂地，只因为她是家中的长姐，就必须要像个长子一样，担负起一家人生计的责任。

一个妹妹还小，两个弟弟也要分别上学读书，她只有国中的文化，刚满18岁的年纪走入社会连一份像样的工作都得不到。

迫于生活的无奈，她去歌厅当了舞女。

风流场上的风流韵事，数十年下来，她用陪男人跳舞赚到的钱，不但成功维持了一家人的生计，而且把弟弟妹妹全部都供上了大学。

甚至妹妹曼桢在毕业以后，可以去到一家工厂做一份正经的活计，同她一起赚钱养家。

然而，社会容不下她舞女的身份。甚至没想到家里人，也会因为她的身份而嫌弃她。

在这样险恶的环境下，曼璐有苦难言，快要30岁的她，想着只等把最小的弟弟也供到大学，就可以卸下肩膀上的重担，好好地找回自己想要的生活。

她一直在为这个目标而奋斗，而努力。

可惜，在歌舞厅挣钱吃的是青春饭，年纪大了的曼璐，自然比不过那一批批散发着青春朝气的新鲜血液。

渐渐地，开始有新人跟曼璐抢生意。她意识到，岁月不饶人，跳舞的生意不能再这么干下去。家人也有让她早点嫁人的意愿。

只可惜，曼璐是有自尊的，她知道既然当年可以为了当舞女拒绝同初恋情人订婚，现在就算对方真的仍旧孑然一身，也再不可能回到他的身边去。

这一世的情缘，就这样断了。

家里人看不起她嫁给一个身份地位同样卑微，最要命的还是已经有了婚姻的祝鸿才。

可曼璐是清醒的，她声泪俱下地告诉母亲和奶奶，她也不想嫁给这个人。可是眼前她能嫁的，就只有祝鸿才。

是的，命运已经让她变得"不干净"，可悲的是她的心仍有一丝高贵。或许在夜深人静时，她也曾对自己说着："认命吧！顾曼璐，这就是你的命！"

然而风月场所相识的男子，能有几回真心？

结婚不久，祝鸿才原形毕露，他开始嫌弃曼璐是别人穿剩下的破鞋，后来又因为她无法生育而频频家暴。

曼璐的心，就在一次次疯狂的打击下，彻底崩溃了。现实的生活已苟且至此，午夜梦回，是当初那段美好的初恋回忆支撑着她，直到她得知自己的初恋情人，竟一发不可收地爱上了妹妹曼桢！最不可接受的是，这爱的理由竟是那个女孩的干净纯粹，一如当年他爱上自己的原因！

她彻底疯狂了——要知道，妹妹的清白和干净，那种生在贫患人家还能保持的高贵气节跟品质，都是靠她牺牲自己的身体甚至灵魂换回来的。

初恋情人她没福气得到也就罢了，可是他竟然会爱上她牺牲一切才换回的这位高贵的妹妹，她坚决不能容忍！

祝鸿才对她的家暴和鄙夷也令她心智迷乱——原本自己牺牲了

能牺牲的一切，来承担因为父亲的去世而造成的贫困，她原本该是最该受到尊敬和理解的人，却为什么会得到这样一个可怕的下场！

不公平，这不公平！

在这样的纠结中，曼璐彻底变了，一个邪恶的报复计划在她心中悄然而生。

她知道祝鸿才一直对曼桢有好感，想要得到她的人。于是曼璐干脆将计就计，将妹妹反锁在这个恶魔的房间里，并且利用她，为祝家和自己生养下了一个儿子。

——到来头，养育只是为了最终的毁灭！

从这里开始，曼桢和世钧断然不会再有干系。而找不到曼桢的世钧，也真的依照家里的意思，跟大人们中意而自己毫无感情的翠芝举行了婚礼。

而一直对翠芝心有所属的叔惠，当然也就再没机会向他的心上人表达自己的一片爱慕之情。

于是，整个电视剧里，所有的人，人人不得善终。

为什么曼璐付出了所有，最后却还是邪恶地将所有人的命运推向了火坑，没能得到一个美好的结局？

我认为，她最大的错误，是一开始就没选择做自己。也就是没能认清楚，谁才是这个世界的"重心"。

试想一下，如果在父亲去世以后，曼璐选择接受初恋情人张豫瑾的求婚——当时她已有国中的文化，张豫瑾的家庭境况又稍有富余，再不济，两个大活人怎么不能一起赚钱供养家里？

又或者妹妹曼桢和两个弟弟也都相应地做出一些牺牲，又或者她的母亲和奶奶，不再那么固执地把孩子们上学读书的事情，当成一件多么要命的事——

就算在我们今日生活的 21 世纪，在我所知道的朋友们中，也有几个是因为家境贫困，自觉退学外出打工挣钱的。

上学这件事，是讲究年纪和时机的；可是学习这件事，却是一辈子的。倘若真有一颗上进的心，什么时候学习都不算晚。

曼璐不是一尊神，她只是一个有血有肉的平凡女人，没必要为整个家庭承担和负责。就算她是家中的长女，也真的没必要把全部的重担都放在自己的身上。

所以我又想说，命运是不公平却又非常公正的。

这个公正是指示，一个人做出怎样的选择，就该能由他（她）去承受怎样的命运，是好是坏，是丰满是不堪，都是他（她）自己选择的结果，而不是别人或命运的胁迫。

曼璐一个人妄想把所有人都管好，照顾好，结局就是所有人都不得善终。

因为她在一味地付出中，彻底迷失了自己。到最后，逼得自己变成一个恶魔，将从小到大一手保护的妹妹推入了火坑，从而令自己彻底沦为一个万劫不复的人。

倘若她没要求自己隐忍付出那么多，就不会产生如此沉重而近乎于变态的报复心——

一个人亲手把自己所钟爱的一切全部毁灭掉了。听着妹妹遭受凌辱时所发出的嘶吼声，她的内心必将是极度崩溃的。

然而可笑的是，一件珍贵的东西毁了，自己所一直珍视的妹妹的贞操和清白都没有了，她内心除了恐慌，竟还迸发出那么一丝无形的快感。

是啊，那不是她一直想再拥有的东西吗？到最后，她知道自己再也不能够得到的时候，就亲手把它毁灭了。

曼桢如果早知道自己的下场会是这样，相信也不会接受姐姐任何的恩赐。

每个人生来都有自己的命数，是富贵，是贫贱，是流浪，是安居乐业，这或许在他（她）出生的那一刻，就已是板上钉钉的事。对于人力所不能更改的事，人们又为何要心存执念？殊不知，这样只会适得其反，愈演愈烈。

所以，自己的命运，千万不能寄托在别人身上。

不能因为谁是你的亲人，就要别人去承担你本该遭遇的一切，亲姐妹也莫不如是。

要知道，她替你担受了原本你要遭遇的苦难，那她的苦难谁来承担？更何况人心再好也很善变。

一个人若看不清楚自己在团队中的位置，他（她）最终只能没什么位置；

一个人若认不清世界无非是一场自己与自己的较量，他（她）将永远成为自己的手下败将；

一个人若不以世界的"重心"来正视自己，执意为他人做了付出和牺牲，日后也许有一天，他（她）会想尽办法，将付出的一切从那个曾经被自己保护和给予的人手里变本加厉地夺回。

为此，一个人首先应当为自己而活。

你为自己活着，就是为所有人活着。

姑娘，晚点结婚真的没关系

爱情，终究是可遇不可求的。而婚姻，更是两个人对彼此做出的最慎重的承诺。所以，晚一点才开始，也真的没什么。

最近，我身边的姐妹们对"大龄剩女"产生了好奇之心，想要一探究竟。

其实，她们中有不少人，就是世俗定义下的大龄剩女，早就到了适婚的年纪，却还没有合适的结婚对象；又或是一直有稳定的男朋友，却还没下定决心要步入围城。

现在让她们感兴趣的研究点，不是想知道为什么大龄女生会被剩下或者不想结婚，而是为什么这个社会越来越把"大龄剩女"看作是一个特别尴尬的存在。

最近，一件特别让我的姐妹圈恼火的事情是，其中一个姐妹晓晓因为年满30岁仍然未能找到合适的结婚对象，就在家人的安排下，上周参加了一场相亲活动。

晓晓本不是一个爱打扮的人，为了表示自己对男方的尊重，挑选衣服、选择化妆品等忙活了好几天。

谁料，就在当天见面的时候，俩人围着桌子一坐定，相亲男子说了一句话差点没把晓晓气死——

他先很正常地问了晓晓的年纪，晓晓如实回答。

紧接着高潮来了，甚至连个缓冲都没有就来了，对方又问："那你还能生孩子吗？"

晓晓当场终止了相亲活动，气呼呼地掉头就走了。

当晓晓把这一相亲的场面，言辞激烈地跟我们重演时，我分明感受到了她此刻胸内所积蓄的一团怒火。

是的，很多男生在挑选结婚对象时，虽说相貌永远是排在第一位的筛选标准，但是他们仍然不想要一个长得可以但年纪偏大的女性。

这就是为什么在中国，女性一旦超过 30 岁，成为剩女的几率就会大大增加，所以成功把自己"销售"出去的概率，就会越来越小。

相亲，原本就是一场毫无感情的质问活动。感情是需要培养的，"一见钟情"的概率毕竟不高。

试想，两个陌生的男女，也无交情也无感情的，突然被安排在一起，能聊出个什么天花乱坠来呢？

或许是因为如此，我这位年过 30 岁的姐妹，在数次相亲失败后，也曾独自于漫漫长夜后悔自己年少无知，白白错失了在大学校园谈个对象的机会。

是的，晓晓当初是绝对的三好学生，父母膝下的乖乖女。

20 岁绝对是一个女人一生中最美好的年纪，她把所有的时间统统献给了题海战术，最终，确实也没有辜负众人的期望，以高分成绩考入一所名牌大学。

后来，她又因成绩优异被保送上了研究生。

毕业走出校门，晓晓已然是 27 岁的大姑娘。

学校教给了她很多丰富的知识，给了她一个光辉靓丽的高学历，但是唯独没有教会她，应该要怎么跟异性相处，该要怎样谈一场轰轰烈烈的恋爱。

等到家里着急的时候，晓晓才幡然醒悟。

身边很多她的同龄朋友、同事，早已为人妻为人母，再看她们，似乎工作也很好，逢年过节，还能有一个知心体贴又很浪漫的老公送花送项链。

而自己呢，除了父母时不时地打几个催促她找对象的电话，就真的再也没有别人来关心了。

是什么时候开始发觉，自己的内心有了一种隐隐的空洞？

或许就是在生日当天，一个人独居他乡，却连个唱生日歌的人都找不到的时候吧。

渐渐地，晓晓那颗晚熟的心，也开始懂得何谓寂寞。

可是，结婚这件事，又不是去超市里买东西，你只要掏钱，就能得到自己中意的货品。

父母的催促也只能使她频频着急，却解决不了任何一点现实里的问题。过年回家，她早已习惯父母给她定的死命令——今年你必须给我们找个金龟婿；今年必须嫁出去。

这样的话，晓晓听得耳朵都要起茧子了。

是的。她不可能不着急，这毕竟是她自己的人生大事。

但是，着急就能解决问题吗？

其实，她所听说到的身边有不少女孩刚刚大学毕业，就跟男友奉子成婚的，又或者是在父母的安排下，随便相了几场亲，就把自己的后半生稀里糊涂地交代掉的。虽然她没理由反驳别人的选择，但她就是没办法让自己像她们一样，随随便便跟人结婚。

某个时刻，晓晓很想把这些心里话都告诉母亲。但是看在他们那么着急的份上，久久没有开口。或者，等以后有另外一个更适合的时机，她会说出自己的心意。

她不是对想找一个什么样的人丝毫没有概念，她很清楚的。

那个人也要有她这样高的学历，以保证两个人坐下来，话能够说到一起去；

那个人要性格好，知道疼人——不管她今年多大，毕竟还是个女孩子，骨子里总是渴望能够被人真心疼爱的；

那个人要有良好的品德和家境，如果现在没有房子和车子也没关系，只要他有上进心，有能力，反正她的工资也不低，可以跟他一起打拼。

是的，对于未来每晚都要安睡在自己枕旁的人，她的心里早已有了一切的标准，清清楚楚的。

可是，为什么现实里就偏偏遇不到这个人呢？

辛弃疾说："众里寻他千百度，那人却在灯火阑珊处。"可为什么她寻寻觅觅的这个人，却好似故意不肯轻易出现似的，总在跟她玩着躲猫猫。

一年以后，仍旧单身的晓晓将择偶的条件适当地降低了一些，比如，学历是本科也可以。当然，她仍旧没能如愿地找到合适的另一半。

你猜怎么样，她就此放弃了吗？并没有。晓晓转而将更多的精力，投入到如何使自己变得更加美好的事情上。

是的，晓晓开始学习化妆。

记得，当过了好久我们再次见面时，眼前的晓晓变成了另外一个模样，通体的穿着搭配成熟中带一点清新，精心梳理的"丸子头"非常契合她的个人气质，连我也忍不住朝她多看几眼。

更令我惊讶的是，她的谈吐也优雅了许多，一个下午的交谈使我清晰地感觉到，她比以往更有逻辑能力和思辨能力。

最重要的是，她整个人有了一种淡定从容的大气，站在她面前，之前一直都很懂事的我，倒显得像个孩子似的。

晓晓的例子告诉我们：在爱情尚未到来之前，你不如先投资自己。

那样，就算之后很长的一段时间里，爱情依旧没来，可你，相较之前已经不知不觉在各方面都提升了一个档次。

好马配好鞍。你是如此优良的一匹好马，还怕会找不到属于你的一把好鞍吗？

爱情，终究是可遇不可求的。而婚姻，更是两个人对彼此做出的最慎重的承诺。所以，晚一点才开始，也真的没什么。

在对的那个人到来之前，不妨先好好修炼自己的气质。先让自己成为一朵娇妍的花，才能成为别人眼中不可或缺的一道美景，也才能拥有更加明媚的未来。

在 30 岁的年纪开始一场爱情

骄傲的公主并不需要王子的专宠才能存活于世，你们相遇相爱，只是为了成全和见证更美好的彼此。

佛祖保佑，我拟定这样一个题目，千万不要被居住在乡下的母亲知道。

依母亲曾读过的几年小学的知识体系，再加上经年累月深受世俗影响形成的封建思想，在看到这个题目后，她一定会被吓得"花容失色"。那么接下来的几个小时，我就等着被她指着鼻子教训是个不孝顺的孩子吧。

在 30 岁开始一段爱情，我相信大多数父母都不能理解并接受这样的观点。

不过，你真的没有看错，我想说的，正是在 30 岁的年纪，再开始一段爱情。

走到而立的当口，或许你在青春期曾有过一段珍贵的初恋。如果没有也没关系，说明你这辈子还没遇到可以让你心甘情愿交付一生的人。

仔细想想，为什么谈起初恋，人们的第一感觉竟会是送上一阵惋惜——它十分美好，可真正能够善始善终的恋情却总那样少？

年轻的时候，我总以为爱一个人就会长长久久地跟他在一起。

或许我爱一个人的理由，仅仅是他的样子长得比较像自己睡梦中遇到的那个男明星。即便你没有这样一个帅气且兼有大长腿的男神供自己意淫，却至少也能够从对方身上感知到一丝欣慰吧。

年轻的时候，我也很喜欢用自己的方式，去爱和对待一个人。

年轻人的爱情，或许没有那么多的责任感，仪式感，只是凭着一股热烈的冲动在付出，感性而茫然。

女孩子本来就是从小被家里人各种宠爱，养在深闺，哪里会学着站在对方的角度考虑问题。

太过年轻爱情，如果不能从一种名叫多巴胺的化学物质的分泌和引导下，转变成为内心深处对对方和自己的一种尊敬，爱情将注定无法维持下去。

很多人虽然很早就受到了爱情的启示，但真正明白它，却花费了很久的一段时间。

每对恋人之间都有他们自己的一套相处模式，即便你对此并不认同。

好友小米和她的男友，就是那么一对我们无法理解的"奇葩"：对任何一个具备正常逻辑思维和生活常识的人来说，青涩的大学情侣之间都不会想要把千纸鹤、幸运星这种小玩意送给对方做生日礼物，可他们偏偏乐此不疲。

小米也从未有其他女孩身上的那股子矫情、娇气，在这样一个追求物质的年代，她居然可以为了跟男友结婚，主动掏出自己上班四年的所有存款。

——30 岁才开始的爱情，你可以靠自己的力量，为你们的相爱提供一份保障。

我曾问她是否脑子发热——一辈子跟着一个穷人也就罢了，还要把自己的老本都舍出去。

小米的回答轻描淡写："你不用替我担心，这是我深思熟虑后的决定。"

天哪!

我原本以为这样"不顾一切"的戏码，只会发生在十几岁的女大学生身上——要知道小米的家境并不富裕，父亲为了供她上大学几乎花光家中所有的积蓄。

不过，让我感到欣慰的是，小米的男朋友一直都很宠她，用一种我们无法理解的方式。

我想，再也没有比一个女孩子来大姨妈的时候，她的男朋友在大庭广众之下不顾形象地脱掉她的鞋子，然后把脚掌一把塞进自己怀里更让人感动的了吧——这样的举动，甚至总出现在我们一起聚餐的饭桌上。

小米是幸福的。所以，她的付出，也很值得。

在 30 岁开始一场你的爱情。骄傲的公主并不需要王子的专宠才能存活于世，你们相遇相爱，只是为了成全和见证更美好的彼此。

年轻的时候人太幼稚，或许会因不懂珍惜而错过；成熟以后又太过世故，或许会因那些世俗的观点束缚自己，甚至徒留一种"君生我未生，我生君已老"的遗憾。

30 岁，是刚刚好的年纪。

此时的你工作了几年，有一定的生活积蓄，不必为了温饱乃至任何的物质问题，就随随便便出卖自己的感情；

哪怕在同恋人分手以后，也能很好地靠自己，给自己一份安稳的流年；

此时的你读过一些书，走过一些路，见过了一些人，有一定的知识架构和生活阅历，知道怎样才是爱和珍惜一个人的最好方式，也懂得爱人先爱自己的道理；

此时的你或许还会有一些困惑，不过当你遇到对的那个人时，一切的困惑也就有了答案。

30 岁的年纪，就是刚刚好的年纪。

你从身体到心灵都拥有了一定的成熟度，过去没有在年少无知的时候犯过难以弥补的错误，现在也刚刚好有能力滋养一份真正属于自己的爱情。

最重要的，一个女人来到 30 岁的年纪，也更懂得要如何将那种操控爱情的多巴胺物质，很好地转化成与对方在生活上的默契。

几年的社会经验使你醍醐灌顶：爱情并非只要两个人相爱就是足够，生活永远没有 1+1=2 那么简单。

30 岁的你已经懂得，该以一种怎样的心情去迎接爱情，而当两个人最初的激情燃尽，自己又该以怎样理智的方式去对待你们的相处。别忘了就连歌词里也曾说："相爱总是简单，相处太难。"

科学证明，在爱情的多巴胺减少甚至消失后，很多情侣都会选择分手。

然而成年以后，大多数人却会因为责任、诺言、依赖等因素选择继续坚守爱情与婚姻。甚至聪慧的人，还会为他们的爱情订制专属自己的新鲜计划，尝试着为爱情添加源源不断的活力。

所以，有些爱情真的可以走到海枯石烂，地久天长。

我的一位朋友洋洋，32 岁了才开始为找对象结婚的事情发愁。

岁月虽然催人老，但她始终懂得"好"才是一切之根本，所以不会为了想要早点完成任务，就随随便便把后半辈子交付。

虽然在年龄上已经没有太明显的优势，却还是对理想中未来的一半勾勒出了许多要求——学历要跟她相当，性格要温柔但又不能太懦弱，可以允许他发脾气但要分场合、时间，有学识、有涵养，懂得为人夫的责任。

洋洋早就跟我说，如果两个人脾气真的很相投，乐意一生忠于对方，他们可以随时举办婚礼。至于钱嘛，她这些年已经攒了一些，先生自己肯定也有一些，他们可以先拿出一部分在当地买套房子交首付，剩下的，慢慢来。

30岁的女人，不再盲目地将爱情看得太重，也不会幼稚地把两者当成一回事。她们知道过日子有过日子的规矩和办法。柴米油盐酱醋茶的琐碎生活，她们已经了然于胸。

30岁开始的爱情，是为婚姻而准备的爱情，是为走进彼此生命而准备的爱情。这时候的两个人，已经完全褪去了学生时代的那种青涩，懂得如何在细密的生活中完成自己对对方的承诺。

仅仅只存在于彼此心中的爱情实在太过狭隘，爱情最终是两个家庭的紧密结合。

30岁的女人更懂得，既然要爱一个男人，就必须做到理性地接受和包容他的整个世界。

世界怎么看你不重要，重要的是你怎么看待自己

> 虽然上天并没给予大多数人优良、富裕的生活条件，但只要努力，你终可以通过扎实的奋斗，一步步获得自己想要的生活。

不知从何时起，这个世界开始喜欢给人贴标签了。比如——

一个 28 岁还没结婚的女青年，大家都会叫她"大龄剩女"；

一个家境一般，从乡下进入城市打工的男青年，大家都会叫他"凤凰男"；

而一个平日里喜好阅读、音乐、电影的人，大家则喜欢把他们叫做"文艺青年"。

更要命的是，很多提及以上"种类"的文章，大多对其持有贬义——剩女很可悲，凤凰男走哪都被人看不起，至于文艺青年，哼哼，你就作吧。

这个世界是怎么了？

似乎每个人都很享受给别人贴标签的感觉，而对于其他人来说，自己也成为某个标签的一分子，被妥妥地放进一个固定的人

生模块里。

记得前阵子跟朋友一起去电影院看《黄金时代》，散场之后朋友迫不及待地跟我说："像萧红那么有才华，长得也不差的一个女人，明明可以过相对来说不错的生活，却落得个无依无靠一世飘零，最可恨的是居然几次三番被男人抛弃，这真是……"

另外一位女性朋友立马高声附和："文艺女青年果然作的一手好死（诗）！"

听见这样的话，我暗自笑笑，不再多言。

当晚，夜入三更，我却躺在床上辗转难眠。

自 1932 年，萧红结识萧军——她人生中的第一笔感情孽债起，慢慢梳理她的辛酸历程，直到 1942 年她因肺结核病逝于香港。

这短短的十年，萧红在感情上经历了几场大的波折，因战事不稳四处漂泊，身心俱疲，她却写出了享誉文坛的《呼兰河传》。

但遗憾的是，多数现代人对她的感情经历侃侃相谈、乐此不疲，却鲜有人去关注她同样倾注心血的文学巨著，甚至对此嗤之以鼻。

乃至我身边的一些自称文学爱好者的人，在谈起萧红时，也总说她实在太文艺了，甚至把自己的人生都以这种方式断送掉了。

我真想知道，如果萧红知道后辈人习惯更多地以感情经历来评价她这个人，那么她又会怎样看待自己的人生……

之所以这么想，是因为我也很在意别人对自己的看法。

仔细回想，学童时也曾为了得到老师手里的"小红花"，不惜课下主动打扫卫生、帮助同学；升入大学，为了取得一份令人称赞的成绩，不惜投入更多时间学习；进入社会，为了打扮得体受人尊敬，开始学着化妆，看时尚杂志。似乎要有别人的注视，我们才能更愉快地奔向前程。

同样的，不知从什么时候开始，人们很怕在艰苦奋斗的路途中，永远少了所谓观众支持的身影。很长一段时间里，甚至会因为坚持一件事却总得不到回应而怀疑人生，甚至焦虑到失眠，整夜整夜地逼问自己一切有何意义。

也有太多太多的时候，因为身边人反对的声音，而终于默默地放弃了自己一直想要去做的事情。

比如旅行，比如换个真正感兴趣的工作。

直到后来，我遇见一个人，姑且把他称为虚吧，因为他给自己起的笔名里，有一个"虚"字。

今天，我仍清楚地记着他跟我讲这个名字的由来时，眼神里充满的那种深邃。

虚说："真真假假，人生皆在虚实之间，去做，可能终有一天会实现；不做，梦想也永远只是一个梦——人要先把自己看成一个独立个体，世界才不会将你'归类'。"

虚像谜一样出现在我的生活里。生活在这座节奏紧张的城市，大多数时间我们各自忙各自的生活，极少能有机会聚到一起聊天。

我一直很想多了解虚一点，因为我笃定他是个有故事的人。

直到我在他的博客上，翻到一篇文章，写的是他来北京之前，在广东东莞的一段流浪生活。

虚像大部分出生于大西南的人，家境贫寒，父母为了照顾生计常年在外打工，他从小就成了不被生活温暖的"留守儿童"。

他随爷爷奶奶生活到 16 岁，终于因为家中没钱供他读书而就此辍学。虚像他的父母一样，背起行囊远走他乡，开始独自谋生。

虚把广东东莞选作人生第一站。

这也是他第一次走出大山，他不知道东莞是什么样子，在哪里，只是从爷爷口中打听到了父母在这座城市打工。

只可惜爷爷奶奶上了年纪，怎么也记不起父母工作的具体地址。

东莞太繁华了，街道太宽阔了，各种店面、商品琳琅满目。

虚第一次看到如此与众不同的世界，他不知道自己该去哪里，能去哪里。

然而坐了30多个小时的火车，他早已饥肠辘辘疲惫不堪，只想着能快点找到个愿意"收留"他的地方，好好地吃上一餐饭。

走了几条街道，终于有家电子厂因最近急招工收留了他。

这是他的第一份工作，全年无休，不加班的情况下一天工作12个工时，月薪1300块。

为了填饱肚子，虚坚持了下来。

他从小热爱文学创作，下班一有时间就写写文字，买不起纸笔，就用捡来的断粉笔头在周边废弃的墙壁上写。

数额不多的工资，除了按月拿出一部分邮寄回老家，剩下的几乎全部买了书籍。

涂涂抹抹中，虚在工厂里一待就是两年。

那时候，一些年纪比他大的流水线工人，总是拿他业余创作这件事嘲笑他："哎！我说你可别写啦，每天上完工累得够呛，你还有闲情写这玩意，要能写出名，你也不至于在这待着啦！"

还有一些人说他是"装有文化"，笑他明明大学都没上过，还愣去搞这些个知识分子干的活儿……

但虚从不为所动，尽管那时候他也不确定自己将来一定就能做份相对"高级"的工作，但他还是坚持了下来。

两年后的一天上午，虚走进老板的办公室，把一张字迹工整的"辞职报告"放在老板面前。

老板拿起辞职报告扫了一眼，整个房间的气氛开始变得严峻。由于当时并不是"招工季"，老板为了挽留，同意年底多给他一个月的工钱，但虚执意要走。

在他两脚踏出办公室的门槛时，他听到老板在里面歇斯底里的叫喊声："你小子要能找到比这更好的工作，我名字倒过来写！"

之后，虚去了湖南，那有一家杂志社正在招聘编辑，他是从网上得到的消息。

像往常一样，他不知道自己能否成功，但还是决定试一试。

没想到，两轮面试过后，虚从一大堆有学历的应聘者中脱颖而出。人事经理拿来合同跟他签字的那一刻，虚还好似在梦中。

只是那一刻，他确定相信了，自己的看法比世界对你的看法更为重要。

而今天的虚，已经是北京某家大型文化公司的策划经理了。

虚有篇文章这样写道："很多人需要获得别人的肯定、鼓励以及支撑，才有勇气开辟自己的新天地，于是在这条寻找自我、成就自我的道路上，一多半人死在了别人对自己的冷漠、孤立和嘲笑上。"

"但他们却无一例外地忽略了，每个人都是一个独立的个体，有完全独立的思想、观点和对这个世界的理解，只有那些真正相信自己，肯定自己的人，才能顺利绕过世界布下的'分类陷阱'，成为真正想做的人。在这个世界上，除了你自己，没人能知道——你到底行不行！"

虚的故事使我惭愧，他后来问我："你能想象的到吗？按照世俗的看法，我这样一个出生在落后地区、贫困家庭的小孩，命运给我的安排似乎就是早早辍学，老老实实地在底层打工，靠着微薄的薪水艰难地养家糊口——直到耗尽余生……"

"可今天的我通过自己的努力，在这座繁华的一线城市有了自己的房子、车子，甚至可以把爸妈从社会的底层解救出来，接他们到大城市生活。因为我始终都相信，我的人生只有我说了才算，世界怎么看，跟我一点关系都没有。"

是的，人生原本就存在很多的可能性。

虽然上天并没给予大多数人优良、富裕的生活条件，但只要努力，你终可以通过扎实的奋斗，一步步获得自己想要的生活。

学着不去在意这个世界的看法，你将活得更自在，也将在成就自我的道路上，少那么一些障碍。

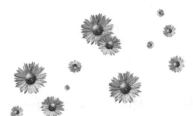

第二章

<u>挺起胸膛，跟这个世界死磕到底</u>

以前在学校时你踌躇满志，想着等自己毕业后就可以摩拳擦掌大展宏图，却不曾想这个社会冷酷和现实到——如果你只剩下一条内裤，今天不洗明天就没得穿。

老人们常说："是驴子是马，拉出去遛遛。"而你腹中有多少墨水和才华，自然会有相应的真金白银来衡量。

热爱摇滚的人，都有一颗不死的心

就算我们不能掌握生命中所有的荣辱，至少可以在命运的岔路口，弹着吉他嘶吼出唯一一次拥有的青春。

写这篇文章的时候，北京工体 11 月 14 日将迎来谢天笑的巡回演唱会。

微信平台发布了"抽奖赠票"的活动，参加者需要做的就是在后台留言，告诉小编对谢天笑的了解程度和最喜欢他的哪首歌。

看到我感兴趣的人，再想想或许能有机会去到现场与之互动，我毫不犹豫打下了以下一串文字："最喜欢他的《昨天晚上我可能死了》。摇滚，好像带着一种过滤灵魂的能量，能将所有不能不敢不想表达的东西，全部甩在头发丝上，甩出地球以外。"

"每一次感到难过时，我都会想要投入它的怀抱，跟找几个闺密互相抱团取暖相比，独自宅在小黑屋听着谢天笑、枪炮与玫瑰的方式，或许更适合我。"

"随着时间的流逝，而那些伤感、压抑的空气，也似乎随着摇滚在灵魂深处不断游走，继而化成一股青烟越飞越高。而我的所有的焦点也被抽走，只剩下对音乐的全神贯注。"

"在摇滚的节奏里，似乎一百年毫无痕迹地流逝掉了，又似乎从介入的那刻时间就已停止，天也不是天地也不是地我也不是我你也不是你，所有的一切都不存在了。管他的，不就是失恋吗，只要不是世界末日，只要摇滚还在，与我同在。"

是的，我知道谢天笑的时候已经挺晚的了。

当时我供职在一家做有声产品的网站，有段时间需要做联系电台主播的一系列工作。挺巧的，这个重任就交给我了。

至于为什么，我猜可能大家认为我连讲话都那么文艺，觉得我最适合完成这项任务了。

事实上，他们真的选对了。

在那长达半年的时光里，我因为喜欢而很努力，想尽一切办法去搜罗和联系各大电台的主播们。

相比市场上已经做得相当成熟的几家大公司，我们的产品确实没什么竞争力，但，坚持到底永不放弃，不也正是摇滚所一贯倡导的精神吗！

渐渐地，不知走了狗屎运还是上苍开始眷顾我的勤奋与诚恳，最后竟让我邀约到了一百多家电台前来入驻。

甚至，我还与其中几个主播成了无话不聊的好朋友。

印象特别深刻的一个，正是摇滚音乐电台的台长。

他跟我谈到的第一个跟摇滚有关的人物，就是谢天笑，介绍给我听的第一首歌，就是《昨天晚上我可能死了》。

开篇比较压抑、沉缓的调子，数十秒之后耳朵里传入一个声音低沉却充满磁性的声线，像是打了一针吗啡，我的心重重地摔进一条深邃的河。

有时，迷上一个嗓音，就是一瞬间的事情。

很久以前，久到我还没有开始喜欢摇滚。但因为喜欢王菲，我间接知道了窦唯和黑豹乐队。

那时对那种歇斯底里、痛苦的吼叫，浅浅地感觉到做摇滚的人，都是一群"疯子"。

对他们的看法转变是近几年的事。

我亲戚家的一个女孩，去年高考考上了国内一所有名的专业艺术院校，她一直喜欢唱歌，以后甚至想做个职业歌手。

我的姨娘在得知她的想法时，气得饭也不吃觉也不睡，攒着力气骂了她整整一个晚上。

我再见到她时，小姑娘眼角泪痕未干，同我打招呼发出的声音也是沙哑的。可见，母女之间的争吵激烈到了何种程度。

作为一个成年人，我十分了解姨娘的想法。

目前国内的音乐环境并不好，以前我看节目也有专业的音乐人提到这些，再看看那些一心坚持唱歌的人，从一个青涩少年到中年大叔，却不过也还是抱着一把吉他走在流浪的大道上。

姨娘是怕自己闺女太辛苦，怕付出再多努力，最后也可能一无所获，只是荒废了青春。而这个结果，有很大的概率。

但是表妹执意如此。

在她身上我似乎看到了，当年我跟母亲对抗时的那股子叛逆。然而，我也只是以为她就是孩子气上来了，随意跟姨娘闹着玩的。

我还劝姨娘说："等表妹冷静下来，自然会知道你所做的一切都是为她好，也许就不会这么偏执了。"

谁知，当表妹听我像个旁观者一样说这些话时，马上转过头哼了一下，然后留下一句话转身走掉了："那是因为你这辈子还没真正喜欢过一样东西！"

我呆在原地，开始思考表妹这句话的意思，思想穿梭到几年以前，再次回到我的中学时光。

必须承认，她的话重重地戳痛了我的心——但也得澄清，她只说对了一半，我是有喜欢过一样东西的，只不过没有坚持到底。

可能最近两年，随着时光的流逝，随着自己越来越"世俗"，越来越明白和清楚该如何去走自己的路。

我发现有很多事情我都想去尝试，想去完成。比如，我想攒钱去北京以外的地方走走看看；我想买一张位置最好的票看一场周杰伦的演唱会；也想带上几个闺密在所谓的迪厅疯跳一回……

但是这些事情，却因为我的"小心翼翼"始终未能如愿。

范湉湉在《奇葩说》里振臂一吼："不要压抑你的天性！"那一刻，我也随着大家疯笑。可是笑完了，我忽然想，这不正是自己笑自己嘛。

这些年来，因为害怕偏离生活的轨道，我的人生已然形成了固有的稳定秩序，我含着眼泪默默埋葬了无数个心愿。

我放弃了真正想做的事情，却为了一份稳定的工作，每个月15号所谓的固定日期会存到银行卡里的一笔固定工资，把最想做的那个自己，彻彻底底地断送。

那一刻，我改了主意，想要投表妹一票了。

当我后来得知表妹喜欢的音乐类型是摇滚时，我的惊讶简直不亚于吃盒饭吃到了一只苍蝇。

还只有18岁的她，一直都是我印象中安静、可爱的模样，可是却在那天我们一起点开唐朝乐队的歌单时，表妹瞬间魔力爆发，变成了我儿时最最崇拜的美少女战士——

　　她在面积十几平方米的房间里蹦着，跳着，一头黑亮的长发因动作幅度过大而甩在半空。

　　那一刻，她的身体好像住进了另一个神明，所以她变成一个会发光的少女。

　　原来，有种热爱，可以让人忘乎所以，尽情在人间徜徉。

　　原来，这个世界不只有悲痛才足以让人沉沦，快乐也可以有如此巨大的吸引力。

　　那个瞬间，连我这个表姐也要对她刮目相看，心生崇拜。

　　半年之后，我早已回到北京继续正常的生活。有天却接到了表妹的电话。她大笑着说自己已经进入音乐学院读书学习了，要和我分享她实现梦想第一步时的欢欣雀跃。

　　我为她感到开心，至少，她做了自己想做的事情。

　　每年一度的某卫视大型音乐节目已经持续了四年，每年都会有些籍籍无名但坚持了很久的音乐人上台露面。

　　虽然我再听到那些为音乐梦想而迸发的坚持已不再有最初的震撼，但他们那种对音乐的执着，因热爱而异常强烈的情感，都牢牢地印刻在我的脑海里。

　　世界太大了，每个人都要面对一份俗世的生活，难免有一些人留守阵地，为稳定的生活消磨掉青春。

　　但总会有人要放弃这些，勇敢地跨出去，带着梦想，驰骋天涯。他们活出了我们未能实现的理想中的模样，他们是真正的勇者。

　　2014年，卢庚戌（水木年华主唱之一）执导的以"青春和摇滚音乐"为主题的电影上映，我早早地买了票。

　　这部电影的排片率在这座大城市不算很高，但我的那一场，中型面积的放映厅却座无虚席。

当男主角马路和他的乐队唱起那首《Hi 自由》时，我听到有人在背后小声地抽泣。

虽然，最终这部电影票房失利，但我相信，正如摇滚也不是眼下音乐市场的主流，却总有那么一群人，执着地热爱着它，拥护着它。

那些陪伴我们度过青春岁月的唐朝乐队、黑豹乐队、零点乐队、五月天……早已像骨骼与血液，烙入我们的生命中。

当你觉得这个世界有太多的束缚，太多的不可能，太多的是是非非纷繁复杂，至少还有摇滚，可以澄清你的灵魂。

像我那个 18 岁的表妹一样，既然热爱，就勇敢地拿出年华和生命去爱吧。

就算我们不能掌握生命中所有的荣辱，至少可以在命运的岔路口，弹着吉他嘶吼出唯一一次拥有的青春。

旅行，任何时候开始都不晚

如果暂时你没有能力给自己一场丰盛的旅行，不如就从现在开始，积蓄能量，为将来的这场盛会做一个充足而完美的准备。

今年"十一"国庆长假结束后，一篇名为《父母尚在苟且，你却在炫耀诗和远方》的文章迅速火遍整个网络。

想来，趁着小长假出门旅行，已经不知不觉成为这些年的惯例。大部分的时间，人们都在为生计奔波，一年当中除了过年，也仅有这么一个七天长假可供娱乐消遣，人们自然不想放过。

文章中提到一些学生党疯狂旅行的情况："有人以45度角仰望碧海蓝天，有人对着异域美食忘情垂涎，有人与牛羊嬉戏何其乐哉，有人莺歌燕舞放浪形骸，有人独自行走意图逃离尘世，有人赞颂风土人情暗讽世间黑暗……甚至，酒店房卡、机票、景区门票等物件，也成为他们标榜自我的利器"，而这些情况就发生在你我的身边。

诚然，中国大多数家庭实现了小康社会的第一个阶段，基本的温饱不必发愁。个别好一些的，或许可以买个几万十几万的私家车开着，然后一年到头再抽点时间带全家人去旅个行，四处走走。

然而，在经济看似很繁荣的今天，很多人不敢生病，不敢清闲。

我从 24 岁毕业到北京参加工作，几年来身边的朋友（包括我自己）在换工作的间隙，从来不敢理直气壮地歇息一天——在下个东家没有找到之前，一天到晚心情总是很慌张焦虑。

而在我的家乡，就算我每个月都按时给母亲寄回钱去，她也不敢多置办一件需求以外的衣物。

虽然我平时总是打电话回去"教育"她说："钱存在银行都是贬值的，资金唯有流动起来才有意义。"

然而母亲依然不听劝。每次回去，也还要我拉着她，才能去城里的服装店买件衣服。

母亲因为高血压，常年都要吃药。但每次从诊所回来，都会面露难色。我知道，她这是为自己又花费了一笔钱，心生难过。

是的。

想一想，远方有青山绿水，文艺青年爱好它的清新可爱，吃货热衷它的诱人美食……就算是实在没有目的的人，也很想逃离自己一直以来生长的沃土，用双脚丈量大地，去到外面的世界看一看。

在读书时代，我也曾不止一次向往过远方的风景。细说起来，我最喜欢的城市应该是云南大理。

去年元旦之前，姐姐就曾带着她三岁的儿子去了那里。

回来以后，她给我看相机里拍摄的洱海日出美景，还有蝴蝶泉边的旖旎风光，一边指引我，一边轻柔地笑着，然后聊着聊着整个人似乎都沉浸到那一段悠长而唯美的时光中去。

我无比羡慕这样满足的状态，然后问自己，何时才能去到心心念念的南方。成都，重庆，凤凰古镇，还有厦门，我早想去看看别处的风景，也早想去看看别人的生活。

但这些年，因为要负担母亲生病所需的医药费，加上我想帮助兄长偿还一些父亲去世后遗留的债务（我认为这是我应尽的义务），只能暂时放弃了想要去南方游玩的念头。

我想要靠自己的能力，来一场痛痛快快、无怨无悔的旅行。

这件事也使我懂得，一个梦想种下了，并非人人都需要很快去实现它。如果当时有些条件不允许，不如暂时搁在心底，只要你还记着它，有朝一日梦想终会实现的。

旅行可早可晚，但对于像我这样肩负家庭重担的人来说，晚些去旅行，有更多的好处。

首先最大的好处是，经济上有了积累，能更加从容地支付旅行所需的一切费用，衣食住行人生四样全权包揽。这也就意味着——沿途所观赏到的一切以及使用的一切，都是你依靠自己的能力换来的。

这是一件非常值得引以为傲的事。

第二点好处是，不会盲目地选择景点，有了更多可参考的标准，游玩更加理性成熟。

现在有些景点已经沦为商家必争之地，风景没什么可玩的不说，销售的东西还很宰人。很多游客一不小心，就掏钱买下了吃亏，也买下了上当。

有常识地多了解一些你想要去的地方，有目的性地选择几个性价比高的景点，这样既可以节省体力，还可以令自己满意，真正领略和感受当地的特色风光。

此技巧在挑选吃饭的餐厅时，同样适用。

第三点好处是，有了更多的安全预防意识。

作家张德芬曾说："亲爱的，外面只有你自己。"

这也意味着，一个人不但要为自己的衣食住行买单，为自己在这个社会中所产生的一切费用和行为消费买单，更要为保护自己的安全买单。

前不久，一位女教师曾在晚上跑步时遭遇陌生人的杀害。近年来这些个"危险事件"频频发生，提醒每个人都要把自己的人身安全放在首位。

谁也不会塔罗牌占卜之类的东西，更何况大多是子虚乌有。在明天与意外不知道哪个谁先到来的情况下，我们还是为自己的安危多操点心吧。

时刻准备着，总是没错的。这也等于是对你的人生加固了一层保险。

最后，或许晚些时候再出发，正是最好的安排——没准会在那时遇到投缘的朋友结伴同行。

一生能有几个好朋友，又有多少时间一路同行？如此，你们结伴而行，岂非也是另外一种幸福！

我所理解的，真正的晚只有一种，就是随着时间的流逝，你渐渐忘记了心中曾有的理想。

人类容易在懒惰中或是时光流逝的惯性中，遗忘一些本该记挂在心间的事。

不断给自己加油，每天都很积极努力地生活，培养让自己看到光芒和温暖的能力。

像毛姆说的："身体扎根在浑浊的泥土，而心灵则仰望纯净的星空。"永远都记得，只要努力，总有亲手触摸星空的一天。

而相对于晚，另一边却是早的情况。

或许你很早就去过一个地方，但如今回想起来，它也只在你的脑海中留下了些许模糊的影子。更多的是，你想不起自己曾与它有过怎样的交集。

人在年轻时，视野是窄的，知识体系也不丰富，对某一个地方、某一件事物的理解，也会因此产生相对片面的认知。

正如一本好书，一个人会在自己生命过程的每个阶段，都想要重温一遍，是为了修正当初理解上的不足，再次真切而深刻地领悟其中的奥妙。

太早去一个地方，可能你会忽视掉它很多的美好，而只注意到了它非常普通的一面。

就如同很多年轻人在看到一束玫瑰花时，只联想到它好像鲜艳夺目的爱情。可年纪稍微大点的人，还会注意到花朵下面的刺，以及扎根在底部的泥土。

很多很多真相，晚一点，你都可以看到。

所以我想说，如果暂时你没有能力给自己一场丰盛的旅行，不如就从现在开始，积蓄能量，为将来的这场盛会做一个充足而完美的准备。

学着去喜欢这个"功利"的世界

成熟就意味着，你要收起自己的孩子气，有泪不能流，有委屈不能诉，所有压力都要学会自己承受，默默地释放、消化，然后让自己变得更大、更强。

一天下午，我在朋友圈发了几张车的照片，顺便题了三个字："新座驾"。

几分钟之内，几乎三分之二的好友在下面留了言：

"买车了？"

"恭喜恭喜！"

"什么情况？中彩票了？"

"车很帅啊！"

……

但是，他们却都没注意到我发的第二张照片，车正前方的挡风玻璃上，隐隐约约地映射出的那一张淡淡的标记："冀"。

试问我身在北京，又怎么会拥有一块标着河北简称车牌的车？可见都是一群多么没脑子的人。对，还都很势利，功利得很啊！

作为一个想要靠文字吃饭的人（虽然至今也未能实现），我一直很努力地练习写作，曾经差点因为朋友的一句"当作家是需要天赋的，而你没有"选择彻底跟这项伟大的事业 Say Byebye。

但我向来也是不服输的，回忆小时候也曾因为数学成绩偏科，而受到班主任老师的批评，以及全班同学的"集体围观"。

最后在我牺牲掉几乎半年的假期之后，终于将分数挂到了及格线，为自己挽回了些脸面。

对于写作，我以为同样如此。大不了我再牺牲几年业余时间，花点钱买批中外名著好好地研习一番！

于是，就这样又死皮赖脸地坚持了下来。

但是，几乎保持着每日更新的速度，文章却从未有超过一百人阅读——

唉，看着访问数量几天都没有增加一个，我不由得替自己发愁："难道我的文学之路即将止步于此吗？难道我写的文章就如此的微不足道，甚至连一朵小小的浪花都激荡不起吗？"

寒心之余，再想一想，似乎也能对这样的现象深表理解。

"强强联手"这个词我相信谁都不会陌生，然而为什么会出现这样的现象，却很值得我们深思。就如同人类的本能是趋利避害，人们对成功的渴望，也使大家崇拜强者，而对弱者（身体残疾、智障的人除外）抱有一定的鄙夷。

举个很简单的例子来说，90% 的女生找对象都不想找比自己实力弱的男生就是这个道理。

强者会对弱者产生同情，但自身的那些优越感却也是来自于后者。或许在与弱者对视时，强者心里的潜台词会是："看哪，这个人真的好差劲。"

人类本身，就具备一定的功利性。

为什么，在你伤心难过的时候，甚至很想找个倾诉对象聊聊心事时，却很少有人想要倾听和靠近？

站在事实上说，此时的你是脆弱的，非常需要别人的关爱和保护。人们应该同情弱者，而你的那些所谓亲人和朋友则更应该对此深表关心。

然而真实的情况是：他们忙着照看自己的孩子，等着看一直在追的韩剧，预备着梳妆打扮后去逛街买心仪的包包……

而且你发现，大家是那么厌恶听到你的抱怨，面对你的伤心和痛哭流涕，他们也只是简单地安慰一句——"别哭了，明天又是一条好汉。"

好！好汉！

你在这边已经心疼得要死掉了，可他们却把你当成是负能量，恨不能早早地排掉！

之前，网络上还曾有过一大批关于弹劾"负能量"的帖子，一夜之间，每个人都写着自己对负能量的仇视，似乎每个人都积极得跟打了鸡血一样，正能量到爆棚。

其实，人们这种反感负能量的心理，往往存在着一种对弱者的"看不起"。

不知道从什么时候开始，我明明很难过，却不敢再在任何有朋友、家人能看到的地方，发布一条自己的真实情况。

我也怕他们中的一些人，会真的担心我。

曾经，也想要把自己的余生活出一种简单通透的模样，想哭就哭，想笑就笑。然而，一种所谓"成熟的标准"使我不敢这样放肆。

成熟就意味着，你要收起自己的孩子气，有泪不能流，有委屈不能诉，所有压力都要学会自己承受，默默地释放、消化，然后让自己变得更大、更强。

是的，在你的身体之外，整个世界已经功利成这般模样了。回到家里即便一年都不出门，也会从父母的嘴里知道，谁谁又买了房子，车子，小别墅。听他们的口气，完全是羡慕到了极点。

那么你呢？

以前在学校时你踌躇满志，想着等自己毕业后就可以摩拳擦掌大展宏图，却不曾想这个社会冷酷和现实到——如果你只剩下一条内裤，今天不洗明天就没得穿。

老人们常说："是驴子是马，拉出去遛遛。"而你腹中有多少墨水和才华，自然会有相应的真金白银来衡量。

但我却想说，虽然这个社会处处充满了功利，但我们还是要学着去喜欢它。

至少，你的每一滴汗水，都能清晰地用金钱作为回报（嫌自己月薪低的，从现在开始抓紧投资、学习）。

你的赚钱能力，在很大程度上折射出你目前的个人能力，这让那些不满足于现状的人，清楚地认知到自身的不足，从而努力，从而开始痛下决心做出改变。

且不说我们总得为漫长的一生做出些什么贡献，就是今晚想吃一碗打卤面都要现去市场买菜，然后热锅倒油炒上一番。

但仔细想想，这个功利性社会的背后，还是有很多优点的。

对于搞创作的人来说，功利性的社会告诉你，如果你的稿件连续多次投递，最终都是石沉大海，那就证明你的写作能力是有问题的；在一些行业，如果你付出后没有达到预想中的成功，起码你会知道这个行业的游戏规则。

如果你想要成功，获得掌声和荣誉，就必须要根据行业的规则，来调整自己的行为，写市场和编辑青睐的文字，做公司老板看重的设计。

不服气的，就拿你的作品说话——实力是不会撒谎的。

之前网上曾有帖子讨论："在今天的社会，人才究竟会不会被埋没？"

我的看法是，一定不会。现在互联网这么发达，如果你真的写得一手好文章，靠各大媒体的转载和曝光，你也一定能被大众知晓。

反过来，你始终籍籍无名，也只能说明你的实力还不够。

就像我们去面试和应聘一个岗位，现在很多老板只需大概浏览下你的履历，几乎就能在心里估算出你可以给公司带来的市场价值。特别在一些大城市，大部分用人单位还是要用奖项和实力说话的。

但最重要的是，功利性的背后，是它承认了你的努力。

没有任何一项潜规则，是能够把一个明星捧上天的。演员在娱乐圈占据怎样的地位，说到底还要看他（她）在观众中的影响力。

最近几年，演员转行做导演的事情层出不穷，但是看看那些已经具备相当知名度的演员，不一样为了自己的电影票房，在全国各地组织路演。甚至有些人还到各大名校亲自送票，欢迎同学们前去观看。

功利性的社会告诉你的是，想要什么，就先增强自己的实力，让自己变得强大起来。

不要怪"很多人只关心你飞得高不高，很少人关心你飞得累不累"。当你没能力证明自己的时候，大概连你自己都只关心飞得高不高吧。

虽然我们都知道，要别人满意不是那么容易的事情，可是，不正是因为这样，才要逼自己一把，去看看到底能创造出多少社会价值吗？

渐渐地，当你开始取得一些成绩，有不少行业领域的人会主动过来挖你。

你应该为自己感到开心，至少你的努力将你带到了一个全新的位置，市场变得需要你，大家需要你，而你自己也有一些价值了，不是吗？

我很欣赏工作中的一些朋友，经过自己的不懈努力，能力过人，成绩卓著，自然会有更好的机会找到他们，给他们更优厚的报酬。这说明，他们在不断打磨自己，待到闪闪发光，机会自然会来。

从现在开始，找到你喜欢并擅长的事，尽最大的努力去坚持。我想，总有一天你会等到更好的机会。

回到最开始，关于朋友圈里的那辆车，真相是朋友买的。但是看到大家对"我有车"之后的反应，我就知道，在不久的将来，我肯定能有一辆比它更酷炫的。

我有信心。

很多人不敢做自己，是怕输掉那层面子

尽管很多事情是"凑足了面子，失掉了里子"，让人们在身心各方面承受了巨大的压力，可还是有很多人在这条看似黑暗的道路上，乐此不疲地奔跑着。

很多人会感到痛苦，并不是事情真的到了那种无可挽救的地步。多数情况是因为要面子，给自己的心理压力过大。

没认识韩涛之前，我以为人都可以像我这样，简简单单地活着。也不得不说，除去一些所谓生活上的"坏习惯"，他在各方面确实也算得上是一个称职合格的恋人。

某天，韩涛又跌跌撞撞地回到我们共同租住的小屋，我凑近一闻，他身上照常是那种混合着香烟和啤酒的味道。

"你又喝多了！"我非常不满地说。

只见他顾不得回答，一头便扎进了被窝，不出五分钟，惯性地打出一排响亮的呼噜。想再去叫醒来对话，无异于天方夜谭。

每到这时，我就会感觉心口堵塞，难以呼吸。之前也曾有过几次，为了不让他喝酒抽烟，深更半夜，我们两个就扭打在一起。

为此，房东还曾特意上楼警告过一次。

在韩涛清醒的时候，我们也曾就此问题达成共识，他表示会尽量少抽烟、少喝酒。

虽然现在确实没有之前那么凶猛了，但我着实无法适应这样的生活状况。偶尔着急，他也会扯起嗓子冲我嘶吼："你以为我想吗，男人不都是这样？"

是吗？天下所有的男人都这样吗？

上次，他的同事来家中做客，也是这样跟我说的。

然而，当我再一次问起为什么非要抽烟喝酒时，他还是交代了实话："总不能每次别人叫我一块吃饭都拒绝吧？也不能每次都要别人掏钱。男人嘛，聚在一块抽烟喝酒也是常事。"

"说到底，你这还不是因为好面子吗！"我气愤地说。

仔细想想，在过去的一年中，韩涛参加了每一场原本不想参加的同学聚会、同事聚会，甚至还有老乡聚会。以至于每个月发工资，前半个月各种大吃大喝，后半月即勒紧裤腰带，每天改吃泡面，日子也是过得紧巴巴。

韩涛的事情让我想起之前的一个同事小贾。

过去，在同个公司上班时，我俩都在同一个部门，每天吃午饭也是一同结伴而往。后来，两个人分别辞职，去了不同的公司上班，就渐渐地再没联系了。

突然有天，小贾给我打电话，抱怨了一大堆后悔在家乡县城买房子的事。说房子早就过户了，钥匙也拿到手了，只是马上娶媳妇办婚礼要花一大笔钱，为此，房子的装修费自然就成了一笔不小的预算。

他现在发愁，不知道该把房子做何处理了。

我问他，那你在当初买房的时候，就没预料到会有这些状况吗？

小贾说，当时总觉得以前在一块上学的那些同学，早都娶了媳妇买了新房子，自己不买脸面上过不去。

听了这些话，我在心底"呵呵"一笑，口头上随意安慰了他几句，就挂掉了电话——我们的生活，理应是为家人和自己而活，现在却成了为一点面子问题而活。

尽管很多事情是"凑足了面子，失掉了里子"，让人们在身心各方面承受了巨大的压力，可还是有很多人在这条看似黑暗的道路上，乐此不疲地奔跑着。

心理学研究，所谓面子问题就是虚荣心问题。

不可否认，这个世界上，很多人都有虚荣心。

包括我身边的一些女孩子，她们会因为别人用香奈儿的香水和高级包包，而节衣缩食地省钱去买这些东西。

当然，我并不是说女孩子不可以拥有这样的东西，只是觉得家境一般的女孩，没必要为了追时尚、赶潮流，去跟自己的物质能力抗衡。

像那些为了一两个名牌包而找男朋友的，我当然更无法理解了。

虚荣心这个东西虽是人人都有，但那些自控能力比较强的人，通常不会踏进这个陷阱里。

为了所谓的面子问题，几乎把所有的工资都用来应酬和交际，要拿什么去面对以后的生活呢？

面子是别人给的，如果你花了钱，但没能获得别人的首肯呢？

俗话说："死要面子活受罪"，甚至有些人把面子当成是自尊心，不管做什么事都能上升到伤自尊的高度。

人生没有完美的，如果每个人都如此"近乎苛刻"地要求自己，那他的人生必将充满了痛苦。

反过来思考一下，难道挣足了面子，就代表各方面都实力非凡了吗？

受到别人的吹捧、赞叹，或许当时那一刻是心花怒放，开怀到极点。可是当夜幕降临，关上房门，虚情假意的赞赏和掌声都消失于无形，空气中充斥着的，是满满的失落与空虚。

就好像吸毒一样，为了爽当时的那么一下子，却要使身心受足折磨。

从现在开始，赶快忘掉面子这回事吧，何必让自己活得那么不自在呢。

古今中外的女子，能活出自己性格的女子中，我最爱三毛和张爱玲。

以前，总觉得人一生至少要有个善终，才算是真的圆满。

但在了解到这两位女性的传奇故事后，我却觉得：人生的真谛也许并不在乎一个人寿命有多长，而是取决于她活着的每一天，是否活出了真实的自己。

网上曾有一个关于这方面的问题："你的一生，究竟是活了三万多天，还是只有一天？"真是令人深思。

三毛的一生，虽然诸多坎坷，但她不顾世俗的眼光，依旧执着地做了那个心中最想成为的自己。

虽然我至今也不明白，为什么会有一个女人如此热爱撒哈拉那种荒凉的地方？

然而，那就是她所向往的。她的一生，就像她的文字一样，以一种平淡的语言为世人揭开沙漠的神秘面纱。

再说到张爱玲，虽然在今天的大多数人看来，她的爱情绝对是个败笔，可至少也是轰轰烈烈地爱过，牺牲过。

特别是老年之后，她在美国独自过起闭门索居的生活。她的思想所去到的每个地方，都是那么深不可测。

谁说她的人生就是失败的呢？至少今天的诸位，无人不晓得她的名字，无人不晓得那段令人惊艳的传奇。

然而大多数人，只如同人类历史长河中的过客，匆匆地来匆匆地去，甚至没有激荡起一丝的涟漪……

人的思想是非常重要的，它决定着你今后将会拥有何种生活。

我相信世界上还有不少如我男友那样的人，因为一点面子问题就常常陷入各种慌乱，时不时让自己"身不由己"。

要知道，为了面子得不偿失，最后吃大亏的还是自己。

世界上原本就没有脉络相同的两片树叶，你又何必为了迎合别人牺牲自己？

坚持自己的风格，培养一套适合自己的待人处事的方式，用自己喜欢的方式过生活，和自己喜欢的一切在一起。

虽然这样的说法多少有些梦幻，但别让我们的心迷失，时刻走在为此奋斗的道路上，相信总有一天，想去的地方，终能抵达。

从现在开始，忘掉面子这回事吧！

承认吧，生命就是在不断的失去中有所得到

> 从来没有发现身处的这座城市竟是这样大，大到跟一些人之间的距离，只有回忆才能够得着。

不知何时开始发现，当遭遇不开心的事，想要找人诉说时，却没办法从手机通讯录里找出一个合适的号码打过去。

每当想写点什么发在网上，过了两分钟回头看，却又无奈地点了按钮，彻底清空内容。

就连过去常常喜欢点开的聊天对话框，也都不会轻易再碰。

——因为你知道，每个活在这世界的人，都是那么的不容易，你又何必把一些负能量，毫不避讳地传递给别人……

渐渐地，不开心的时候，统统变成了独处的时间。

一个人唱歌，画画，对着电脑看一些根本不关心的综艺节目，权当打发时间，权当安慰自己。

伤口是一朵绝色的花，不需要任何阳光雨水，便可自行复原。这些伤心的事情更不会说给家人听，是怕父母为此深深担心。

渐渐地，好像练就了一种武功绝技——就像电影里演的，人在

受伤之后只要闭目打坐，不一会儿，背后就会冒出阵阵白烟。再过一会儿，就能行动自如，如无病痛之人。

直到有天，忽然发觉时间好似过去了很久，久到都快要忘记好朋友的样貌、姓名。

我有一个非常要好的姐妹樱子，她跟我在同一座城市打拼，一样的生活环境和压力，使我们惺惺相惜。

过去两年，只要有不开心的事情，我都很喜欢拨樱子的电话，即便第二天仍要起床上班，但只要我想，在凌晨时刻也会骚扰她。

我们亲近得就像姐妹一样，大有"焦不离孟、孟不离焦"的势头。

可是最近半年，我却很少再跟樱子见面。只是从微信上断断续续地知道，她这一年换了几份工作，工作之外又要处理感情上的琐事。

那一刻，我忽然感到我们再也无法回到从前，那种想吃火锅只要一通电话，就能找到对方的美好过往。

记得刚认识时，樱子跟我一样很喜欢读张爱玲的小说，读到伤心处甚至会在公众场合掉眼泪。

为此，我曾取笑说她是另外一个林妹妹。樱子还笑着回我说："那咱俩正好配成一对，再也不需要那个负心的贾宝玉。"

周末，我们最喜欢到这座城市的郊外游玩，倒不是因为城里没有好玩的去处，而是近两年空气质量堪忧，我们就想去郊外透透气。

行走在青山碧水间，樱子会跟我谈些关于未来的计划，说要找个像她一样善良温暖的男生做老公，说要努力打拼，在这座城市站稳脚跟。

每次说到这些时，我都能清晰地看到她眼睛里迸发出的光，亮晶晶，金灿灿。

一转眼，我们已经很久没有再坐在一起吃过饭了，也没有手牵手再去郊游了。

今年 11 月，景区的枫叶红了。也曾试着相约一起去看，却终是因为彼此不对时间，她忙她的我忙我的，最终未能成行。

人们总要先应付眼前的生活，才能去做其他的打算。或许，在工作之外，那些有空才可以计划到的事情，已经无关紧要。

数着日子，又一年即将到头。半年多不联系，不知道她找到心目中的理想对象没有，现在的生活过得开不开心。

没有联系了，好像一段关系默默地就这样消失不见了。

虽然在心里，我知道我们还是彼此最亲近的朋友，但在现实生活中却再也没有更多的机会去交流。

我也不再像个孩子，可以在她面前任性地说出所有心事，遇到困难时，也不会再想找个人来替我分担。

因为最终，所有的事情，只能自己扛。

从来没有发现身处的这座城市竟是这样大，大到跟一些人之间的距离，只有回忆才能够得着。伤感时独自困在其中，无法自拔。

就像一个容量有限的收纳物，自己的生活空间也仅仅只有那么几个位置。

随着时间的流淌，旧的人离开，新的人进来，你没有时间去伤感失去的那些，只能随着时光的推移，尽力去珍惜那些年华馈赠的友谊。

人们常说时间最是无情，可我偏偏觉得它是这世间最温情的：是时间教会我们凡事都要学会珍惜，告诉我们——

你身边的一切都是有时限的。

周围形形色色的人越来越多，大家都戴着微笑的面具，互相道声好，然后不留痕迹地消逝在彼此的生命里。

有最多交集的反而是上班的同事，可是能走入心底，互相成为知心朋友的人却越来越少。

一些严肃冷酷的事例，也将人心交代得异常多变、复杂，因为你分不清谁是真心，谁是别有用心。

好像每个人认识你，都抱有一定的目的。

也好，你一天的时间总是 24 小时，如果没有时间去稳固友情、结识新朋友，那就让自己读书写字，哪怕只是看场电影。

你所付出的这些，也是一种得到。

人总是在不断失去中获得一些新的东西。而有些人一直喜欢独处，觉得这样很安静。

2011 年，我因为联系图书出版的事情，认识了一个男生编辑子阳。最开始只觉得跟他聊天实在是一件快乐的事，并且他朋友圈的那些观点，写得让人感到惊讶。

现在想起来，我根本不曾想过是几时对他产生了兴趣，好几次真的按捺不住，想约他一起出来喝杯咖啡。

天遂人愿，有次周末子阳正好在我公司附近办业务，临近中午时给我打电话，约了一起吃饭。

见到子阳的那一刻，我觉得他的眼神干净纯粹，像是贝加尔湖泊的水。

我们从书稿谈起，慢慢谈到出版行业，谈到人生，然后他告诉我过去 24 年他的人生经历。我第一次听到一个普通人如此不同的经历，开始试着揣度他今天的心境。

他有一句话给我留下非常深刻的印象。子阳说："任何事物的发展总也逃离不了变化，而人是喜新厌旧、善于遗忘的。"

我问他："为什么当初跟女友分手后，不去武汉把她找回来？"

子阳淡淡一笑："能找回来，就能再次失去。也许上天为我安排了别的人，所以就在那一刻，把她占据的位置空了出来。"

承认吧，生命就是在不断的失去中有所得到。失恋的人也没有你想得那么脆弱，大多数人最终都会"因什么而脆弱，就因什么而坚强"。

张爱玲说："时间对中年以后的人来说，十年八年都是弹指一挥间；可是热恋中的青年，三年五年就可以是一生一世。"

曾听到有人说青春是一辆高速列车，你眨个眼的工夫它就走到了尽头。而到了中年之后，才发现有那么多想要完成的事情还没有办，有那么多想见的人还没有见。

也有人说："若你真想做一件事，想见一个人，总会实现的。"

可是我却觉得，那一定是因为你太贪心，霸占着一些资源不愿放手，所以也就腾不出时间，找不到足够的资金，去跋山涉水爱一个人，去一路奔波实现一场梦。

爱情原本就没有什么标准答案，最核心的，无非是对方愿意把他（她）最珍视的一切同你分享。

总说未来的人，正在丢掉现在

我深知内心深处的我，是非常想要改变的，有谁不想要给自己一个新年新气象，让自己每一年都收获更棒的自己。

你有没有过这种生活经历：手机里看到一张美女照片，就决定明天开始也要化妆，把自己打扮得漂漂亮亮，人见人爱；

也可能看到别人能够非常精准而流利地演讲，于是决定，明天苦练演讲，到时候对整个世界顺畅地表达出心中的观点；

又或者仅仅是看到一本非常喜欢的书，很是倾慕作者的才华，决定要好好练习写作，将来也出一本畅销书。

然而，到了你所谓的明天，时间依旧滴答滴答不停地在走，睡觉、吃饭、上班，一天天就这样过去了，而你仍旧什么都没改变。

在下一次看到这些自己不曾拥有的一切，继续对着别人的身材、脸蛋、文采，流口水，发毒誓——然后一段时间过去，你也依然还是老样子。

为什么会出现这样的情况？只因为你没给自己改变的必要条

件，你没有足够的决心，也没有发自内心地去坚持。

其实，如果真的想要拥有令人艳羡的一切，你不必等到什么好状态、好天气，最好的出发时间，就是此时此刻。

我有一个非常不好的习惯，每到年终总结的时候，就开始各种后悔年前自己设立的目标，各种没有达成。

甚至最好的状况，也只是完成了一半。然而"行百里者半九十"，没有完成就是没有完成，无异于荒废。

好多个这样的时候过去，我猛然间发现——自己快要 30 岁了，却还是一事无成！

秉着后悔无用的做事原则，我又开始期待新的一年，希望自己能实现一些心愿。只不过，那些心愿相比之前，大多没有新意，不过是之前的多次重复。

但我好像总有种侥幸心理，似乎借着新年的钟声，我在下一年完全可以时来运转，做一回不一样的自己。

可想而知，这一年，又在我信誓旦旦的期许中，悄无声息地浪费掉了。

曾经，我渴望能有一份高薪的工作。

有人告诉我一个诀窍，你最好去看看相关的职位都需要哪些应聘条件，然后再针对自己的弱项或是暂不具备的，重点培训。

是的，我想做的职业是剧本策划，我也看到了很多招聘岗位上罗列出的基本条件：1、有剧本创作的经验；2、有超过 1000 部影片的阅片量；3、最好能掌握一门外语（英语、韩语、日语）。

逐个对照之后，我发现：我有一些剧本创作的经验，可是不太能拿得出手；我很喜欢看电影，可是阅片量远远没有达到 1000 部；我也曾试图将英语说得流利，但学习的过程中好几次都半途而废！

记得上学时，为了掌握一定的词汇量，我甚至每天天不亮就起床背单词，默写词组。冬天的早晨真的很冷，而夏天的傍晚通常都有很凶的蚊子。

想到这里，我最终什么都放弃了。于是，我在每一年的伊始，都想着能有个机会，做一名真正的剧本策划者。

记得去年年初，有位朋友所在的影视公司正好在招聘这一岗位。他们公司名气很大，在业内赫赫有名，我当然很想进去。

可是，朋友捎口信说，他们主管对别的条件都可以放松，唯独必须要能熟练地使用英语。

哇！这可怎么办才好，这是我的死结。

我再三请朋友帮忙通融，说我其他条件都还可以，能不能请主管再好好考虑一次。甚至为了能获得一个满意的结果，我还拿出一半的工资，请他唱歌吃饭。

但最终，他们主管还是亲自招聘了一位刚毕业的 90 后。难道就是因为那小子英语说得流利？我愤懑不平地打电话给朋友。

"是的，他不仅英语说得好，还有 2000 部的阅片量，甚至把未来市场可能受欢迎的电影类型分析得头头是道，要是我，估计也会选择他。"朋友在电话那头缓缓地回答。

挂掉电话。我该责怪谁呢，只能怪自己懒惰。

记得以前也很爱好读书的我，曾购买了不少京东和当当的读书券。可是当有一天，我终于想到要好好买本书来看的时候，却发现那些优惠券都已经过期。

一个又一个的巴掌甩在我的脸上，钱花了，但什么也没干成。

——这太像之前，我每次都非常兴奋地从网上买回一大堆书。但接下来两个月，甚至更长久的时间里，我却一直将它们置放在抽屉的最深处。晴天雨天，哪怕我在床上躺着什么事都没有，也不曾想过抽出一本来，好好阅读。

就是这样的我，欲要成就很多，完成很多，可到头来，零星点的小事都没有做好。

但是，我丝毫不怀疑我当初制订的某些计划，或者实施某种行动的决心。我深知内心深处的我，是非常想要改变的，有谁不想要给自己一个新年新气象，让自己每一年都收获更棒的自己。

可是，我的行动力真的差到了极点。反而，看看那些已经成功的人，才是真正懂得了今天的意义。

未来很远，现下就是永远。

是啊，为什么今天就能改变的事情，一定要等待明天？

有几个词语叫做立刻，马上，现在。

有多少人能真正做到。

现在，我们大多数人都是，等我刷完这条微信再去做，等我看完这个节目就睡觉，等我喝了这杯饮料就开始。

殊不知就算你刷完了这条微信，看完了这个节目，然后喝完了三杯这样的饮料，你也无法真的开始。因为在你说着这些话的时候，这些真正要做的事情，已然被你抛诸脑后。

记得，我以前一个人住的时候总是很懒。

工作日的时候，我总是想着等到周末就打扫房间。真的迎来周末，我却在床上睡大觉，乱七八糟的屋子往往要等到周日晚上才开始收拾。加上要洗澡洗衣服，很容易影响到第二天上班的效率和心情。

什么事，都扛不住拖延的。

拖延的本质是，你内心或许根本不在意这件事。

或许今天说了这样的话，你还是觉得很难一下子就改变，但你起码可以从手边最简单的事情开始。比如当天穿的内衣和袜子，当晚回家就清洗干净，保证它们的清洁；当你有重要任务要做的时候，先关掉网络，专心把所有工作都完成，再进入你的开心时刻。

当你把一天的工作顺利完成了，渐渐地也就可以完成一周的工作，接下来就是一个月，然后一年……只要坚持，没有什么是不可改变的！

不要心安理得地觉得什么事放到最后，只要我收拾了就行。就拿洗碗这件事来说——吃完饭立刻就洗干净的碗筷和用过两次都未及时洗的碗筷，哪种再洗起来比较轻松呢？

你需要明白的是，最初开始的那几天，总是痛苦的，因为人都习惯在惯性中生活，但养成好的习惯是一件不容滞后的事情。

越早养成良好的生活习惯，你也将会在工作中获得更多、更大的收益。

在这个过程中，不需要盲目地去跟别人比较，跟自己比较就可以了。也不要期待短期内，一件事情会给你带来特别大的回报，很多时候，你只需要让自己感到充实饱满就行。

你只要知道，改变是为了让你配得上更好的自己，把自己带去更加美好的未来。希望我们每个人，都通过自己的努力，让新的一年不再只是之前的重演。

新的一年，要给自己一个真正全新的开始。要记得，总说未来的人，正在丢掉现在。

第三章

保持活力，别让这个世界抹杀你的天性

一直懂得，想要获得更美好的明天，唯有今天不断去拼搏。

在坚持不下去的时候，也会用那句话来激励自己："今天你对自己不狠心，明天世界就会对你狠心。"

看看这座城市，有数以千万的人跟我吃着同样一份苦，所以为什么别人能行，我就不行？没有这个道理。

承认你的无能，是认清自己的第一步

事实上，我交男朋友并非为使自己能够免于受苦，把生活的重压转给他人承受，从而可以不用在今天这个残酷的社会里，跟一些雄性去拼个你死我活。

成年以后，我们自觉地扛起了肩上的责任，不再接过父母递来的生活费，甚至希望依靠自己的绵薄之力，为整个家庭做出贡献。

我认识的一个女孩，怎么说呢，你一定不会想到，那个原本百分百善意的初衷，就因为心怀孝顺，无数次渴望能为家庭尽力，最后竟让她陷入病危，几次被送上了冰冷的手术台。

其实我挺不喜欢这一句话——"穷人的孩子早当家"，如果可以选择，谁愿意早当家呢？

以往在新闻中看到的那些报道：很多偏远地区的孩子，在他们还只有七八岁的年纪，就因为家庭的贫困，父母的疾病，而不得不成为家庭的支柱。

明明是该要享受大人关照的年纪，却以一副瘦小的肩膀支撑起一个家的希望。

这不是一个好故事，但报道里的那些少年，他们坚强得令人鼻眼发酸。

我的好友小晴，虽然没有夸张到出身那样贫困的家庭，却也因从小生父早逝，而不得不放弃了进入大学读书的机会。

高中毕业后，小晴就来到了北京。因为学历的关系，第一份工作是在某公寓楼下的一家饭店端菜、洗碗、扫地。每天中午晚上，都会有无数的食客吵吵闹闹地喊她的代称："服务员！"

饭店的生意非常火爆，这就意味着工作会很辛苦，但小晴自知这是她唯一可能留在北京的机会，她要攒够一年的钱，为自己交上学习视觉设计的培训费。

每天下班以后，小晴的腿和肩膀都以每 10 分钟一次的频率"集体"疼痛。躺在一间 500 块月租的半地下室里，她常常担心未来而夜不能眠。

但是，每当想到她那因为疾病早早过世的父亲，似乎一切的苦难也都变得渺小起来。终于，在小晴勤劳的工作之下，她节衣缩食地攒够了培训的钱。

半年之后，小晴成功地应聘到了一家动漫公司，主要负责卡通人物的视觉、形象设计。

初来乍到，她勤勤恳恳，很想获得领导和同事的肯定。

动漫公司平常很忙，加班几乎是家常便饭，为了更快地适应这个城市的节奏，小晴咬咬牙，搬到了公司附近的一座公寓。

这里交通便利，租金却也昂贵。所以，为了照顾到自己的生活，照顾到家里的开支，她开始夜以继日、不分昼夜地加班。

两个月后，她果然得到领导的器重，提前转正。

小晴的母亲今年已有 60 岁，家中还有一个兄长。作为她的朋友，我劝她自己的身体要紧，有兄长在，她其实可以也不必如此拼命。

但是小晴说，老家结婚早，兄长也赶在早婚的大潮中，现在已经有了一双儿女。他那一个月 3000 块的工资连养活自己的小家尚且为难，对母亲估计更是力不从心了，为此，她想多赚些钱，给母亲留点养老费。

看着她那种坚毅的眼神，我也不便再多说什么，只说大家都在京城，有时间别忘了一起喝喝茶看看电影。

但小晴似乎永远没有这样一个闲适的时间。最近，听说她因为要争取一个出差的机会，正废寝忘食地做一份动漫展的策划方案。

我佩服她那种勇往直前、不惧艰苦的精神，但她忘了身体是革命的本钱。终于，在一个寻常的周三下午，我接到另外一个朋友的电话，说小晴因浅表性胃炎被送进了医院。

见到她的时候，我丝毫不敢相信此时正躺在病床上的瘦弱女孩，就是我们所熟悉的小晴。她的脸色苍白，一对美丽的大眼睛紧紧地闭着，看上去非常虚弱。

医生告诉我们，她刚做了切除阑尾的手术，并且伴有浅表性胃炎，需要静养。

周末，我带了水果再次来探望。小晴已经醒了，看到我推门进来，她很欢乐地招手示意我坐到床边。

我埋怨她总是不听劝告，现在花钱受罪也没省下钱。

小晴却笑着说："刚才经理打来电话，待我下周出院就可以出差去了。"

我惊讶地大喊："你都病成这样公司还安排你出差啊，简直没人性！"

小晴却突然变得安静下来，说："是我自己强烈要求的，因为我们公司出差的补贴很好。等回来拿到钱以后，就可以给我妈一些钱了，她应该不愁今年了。"

"你啊你，你妈妈生活在农村，又不是一线城市，她每天能买什么？"我不禁吵她。

"即便这样，也想她能有一笔钱握在手里啊。就像电影里说的，缸中有米，心中不慌。"小晴淡淡地说道。

"那你这次手术加住院花的不是血汗钱啊？"

听到我这句话，小晴突然沉默了。我也开始怀疑自己，是不是有些过分了。

出院后的小晴，果真跟随部门经理去山东出差了。

这一走就是半个月。

我知道在这座繁华的城市里，诸如这样的励志故事每天都在上演，但我始终想不明白的是——在一个人尚且照顾不好自己的情况下，她该如何不辜负生命中的其他人。

我料想小晴一定有意对家人隐瞒了这次生病的事，不然，可以想象到，她的母亲会有多么担心。

记得以前有句话很合我的心意："我们做到不给别人添麻烦，就已经算很好地照顾了对方。"自己尚未获得幸福，又怎能给予别人真正的幸福？

小晴的故事，使我想起自己的第一任男朋友小凯。

大学刚毕业时，我们因为没什么工作经验，进入的公司待遇都很低。

小凯在还是一个学生时，就很懂得照顾我的日常生活、情绪以及其他。当然，如今走到了社会上，他依旧是一枚闪闪发光的暖男。

可是渐渐地，这样的暖男却有一些不自量力起来。

在我俩一共也没挣到多少钱的情况下，小凯总是想在我面前证明一个男人的实力：明明是两个人一起负担生活，我的钱他却一分都不要，就靠着自己那 1000 多块，勉强度日。

其间，我们也曾因为消费不当争吵了几次，但他总不放在心上。

我甚至后来才知道他为了应付生活，前前后后竟然办理了五张信用卡。

后面的事大概你也能想象的到——小凯最终因为逞能，令信用卡使用不当欠下很多钱，为了还债不得已又找身边的同学、同事甚至家里人借钱，我们因此也闹得不欢而散。

这就是为什么我不懂：一个人在没能力照顾好自己之前，为什么想去给别人更多的照顾？

事实上，我交男朋友并非为使自己能够免于受苦，把生活的重压转给他人承受，从而可以不用在今天这个残酷的社会里，跟一些雄性去拼个你死我活。

退一万步讲，很多北漂的小情侣都是一起担负着生活的重担，这有什么不可以呢？乐观一些看，那些并不只是生活的重担——是明日璀璨的希望啊……

有孝心总是好的。懂得关爱自己的女友，凡事想要多承担一些，也是对的。但是，不管是谁，没必要将生活赋予的责任，一股脑儿全部揽在自己的肩膀上。

要知道，冯小刚导演早就发话了："你行，你就上。"

如果你不行，我还有第二招，大家一起上！

别把自己变成那个身背重担踽踽独行的人，记住，你不想要辜负别人，得先学着珍惜自己。

接纳平凡的自己，是你所做过的最勇敢的事

> 要放下一些东西总是很难，你也可以说人性本来就是贪，可是不放下这些东西，人生之路只会变得更加泥泞难行。

我敢说，我们每个人在小时候都曾有过不切实际的梦想：有些人想拥有超能力，变成超人保护地球；有人想当科学家，长大了为祖国科研事业做贡献；有人想当画家，办个画展享誉全球……

而我的同学小梦，她说自己长大后想当一名清洁工，把这座城市的街道清扫得干干净净。

记得当时，全班哈哈大笑，在一片笑声中，小梦感到脸红发烫。

现在，我们终于不可避免地长大了。

我不知道有没有人真的成为超人，成为科学家，成为画家，我只知道，我没有成为钢琴家。

小时候，我梦想自己能有一架漂亮的钢琴，在心情烦闷的时候，可以弹奏着肖邦的《夜曲》，优雅地度过一整天的时光。

可是我的家里置办不起钢琴。

　　父母只是普通的基层工作人员，他们给我最大的恩赐也只是，父亲在周末放假时，骑车带我去县城转上一圈。

　　那时作为孩子，我确实极容易满足。生日的时候，哪怕没有生日蛋糕，老妈围着炉灶煮上一碗面，我也是知足的。

　　不知何时开始有了更多金钱的欲望，也不知何时开始有了对未来人生的预期。在同我相处的过程中，一些朋友总感觉我对自己要求过于严格，神经绷得太紧张。

　　每到夜深人静时分，我也会偶尔想起这些问题，对着镜子问自己为什么会变成这样——是的，自从父亲去世以后，我总想要让自己变得更加强大一些，好保护我的家庭尽量不再遭受如此沉重的打击，以及就算遭遇厄运，我们也有足够的钱去应对。

　　特别是，我一直都很关心母亲的身体，她原本就一直患有高血压，常年需要吃药。

　　为了给家里带去更多的希望，我选择来到一线城市打工。七年漂泊的生活，将我的精力消耗殆尽。

　　这里的空气不是太好，竞争也很激烈。有时我被堵在路上，上班会迟到，想到要扣半天的工资，心里会难过许久。

　　或许，我从来都不算胸有大志，所能做的，也都是普普通通的女孩子能去做的事情。但我想要母亲快乐，她能在照顾好自己的同时，逢年过节多给自己置办一些衣物。

　　一直懂得，想要获得更美好的明天，唯有今天不断去拼搏。

　　在坚持不下去的时候，也会用那句话来激励自己："今天你对自己不狠心，明天世界就会对你狠心。"

　　看看这座城市有数以千万的人跟我吃着同样一份苦，所以为什么别人能行，我就不行？没有这个道理。

于是，2012 年到 2014 年的两年间，我白天很努力地工作，晚上下班后争分夺秒地做兼职。有时是给杂志写写采访稿，有时是去家附近的小饭店打工，一年四季，从不停歇。

我以为我这样分秒必争地付出和努力，终将换来满满的硕果，却不曾想，今年 8 月份到来的一场大病，差点令我整个人丧失活力。

最糟糕的是，我的身体每况愈下，为了恢复健康，几乎花掉了我辛苦攒下的一半积蓄。

为此，我深深地自责。于是病好以后，我开始试着让自己放轻松，不再急功近利，为赚一点钱就去强迫自己。

"身体是革命的本钱"，不管怎样，身体都是第一位的。

特别像我这种流浪异乡、在外漂泊的人，身体垮了就真是什么都完了。我想明白了，自己若真想为这个家庭贡献一份力量，首先必须要把自己照顾得健健康康，快快乐乐。

最重要的一点，我开始学着慢慢地接受眼前这个平凡的自己，凡事不再钻牛角尖，懂得了"因上努力，果上随缘"的道理。

要放下一些东西总是很难，你也可以说人性本来就是贪，可是不放下这些东西，人生之路只会变得更加泥泞难行。

为了以后活得更好，你必须要让自己保持一个相对舒适的心情。

说不定一些东西你看开了，看淡了，也就慢慢不再计较它的得失，要知道："属于你的永远是属于你的，不属于你的费尽心机得到也会再次失去。"

你只是一个平凡人，不需要给自己太多的压力。有时候，能把自己照顾好，就是一种莫大的能力。

在"知乎"上看到一篇帖子，问："30 岁以后的程序员该怎么规划自己的未来？"虽然对于这个行业我不是太懂，但是我想，每个行业都有龙头和凤尾，也有混得如我一样高不成低不就的。

跟帖的下面，获赞最多的回答则写着："29 岁时我也曾为此惶恐，严重时彻夜不眠，感觉未来会随着 30 岁的到来而彻底终结。然而今天我 34 岁了，只能说，生活一切照旧，没有太好也没有太糟糕，公司老板不会因为你过了 30 岁就把你开除，上帝也不会因为你过了 30 岁就开始让你飞黄腾达俯瞰众生。"

"你我都只是平凡人，日子该怎么过就怎么过。别太把自己当回事，每天醒来睁开眼，还能看到今天的太阳就知足吧。然后工作上一点点积累、进步，工作之外照顾好自己的家庭，万事 OK。"

是的。承认吧。

在这个世界上，尽管如你我的大多数人，都有过非常光彩绚丽的梦想，可也仅仅是心存的一份幻想。大部分的普通人，还是朝九晚五地上班，为了生计披星戴月地忙。

有段时间，这座城市的交通很堵，天气又非常寒冷。

为了不迟到，我只能每天早早出门打车。

跟不同的出租车司机聊天是件非常开心的事，你会发现他们之中，有些人乐观，有些人悲观，有些人对眼前的生活还算满意，而有一些人则是喋喋不休地诉说着自己的痛苦。

拿昨天和今天遇到的师傅做个对比：

昨天的师傅说女儿留学德国，母亲 80 岁了，一个月的退休金好几千块，自己一年到头也能净赚六万块，一家人的生活和和美美，他很知足；

今天的师傅就在吐槽拉活的路上总塞车，有儿子要养媳妇要养老爸老妈要养，每天一睁眼就被闹钟催着出门上工，一天到晚睡不了几个钟头，一年到头挣不了几万块钱……

我还记得他们脸上的表情，前者扬扬得意，后者愁眉不展。

可是，不管怎样的艰难，时间总在推着人们向前。至少今天的我，还有余钱去买一本很贵但非常喜欢的绘本。

有多少人想着去拯救世界，却发现最后连拯救自己都无能为力。

高考失败的那个夜晚，我曾把自己锁在房间，哭了整整一个晚上。当时心里只有一个想法：我这一辈子完蛋了！我这一辈子彻底完蛋了！

可是如今呢，十年过去，我不是依旧活得好好的？虽然仍需为了能有一个明朗的未来而努力，但至少我尚有这个机会，尚有这份勇气。

承认自己的平凡，是放过自己的自尊，也是成全自己的生活，肯定自己的能力。诸如马云般的成功者人人都追捧，可毕竟全世界只有一个马云。

世界原本就是多元化的，没有相同的两个人，你知道自己已经够努力，就不必过分去苛责自己。

每次回老家，母亲总要再三叮嘱我："控制好你的消费，不要花得比挣得多。"

是的，母亲很清楚自己的女儿不是明星，没有随随便便接一个广告就日进斗金的能力。她一个月挣得几千块工资，只能按照这座城市的消费水平，严格地给自己定个计划，什么东西该买，什么不该买，都必须要做到心中有数。

承认自己的平凡，可以让心情保持放松。

别忘了人生路上，除了一路紧追事业的高低线，还有沿途那些优美的自然风景。

知足者常乐。

别人替你选择的人生，不值得一过

> 他原本只是一个柠檬，虽然酸涩，却自有它的一股芳香。而现在为了变成橘子，硬把自身的特长去掉，却也未能真的如愿变成一个人见人爱的橘子。

人生没有什么是不能面对的，因为面不面对，事情都会发生；人生更没有什么是值得遗憾的，因为遗不遗憾，事情都没有绝对的完美。

你是柠檬，就别再装橘子了。

不可否认，世俗的看法和一些评判体不体面的观点，让一些人不惜选择放弃自己最喜欢或擅长的工作，去选择一份不那么适合但却足够有范儿的事业。

就如我，时光匆匆，转眼走出大学校园已经七年了。

这七年，为了一份所谓的家族荣誉，我一直从事着财务方面的工作——因为，早些年在北京闯荡并"打了天下"的姑姑说过，财会工作什么时候都吃香，而且越老越吃香。

是的，想一想，女孩子做一份财务工作似乎也没什么不好，甚至不用朝九晚五地上班，只要处理好了手头的事情，下午提前一两个小时溜走是非常普遍的事。

而且这个岗位一直很好就业，再攒上两年经验，考下"初级会计"职称，然后一边做着工作，一边参加更高等级的考试。

似乎，这个岗位看起来什么都好。

然而，最大的问题是，我不喜欢。

在学校，我念的是中文系。

倒不是因为我喜欢汉语言文学才选择这个系别，而是因为作为一名文科生，似乎也没什么其他的选择余地。

不过我很开心的是，从小到大我一直都很喜欢写作，并且一直梦想着，能有朝一日成为真正的大作家。

是的，像张爱玲、萧红、三毛那样的大作家。

而且我还梦想着，可以像个明星一样，去全国各地开签售会。想一想吧，上千读者翘首以盼，精心打扮就只为见我一面。

可是，我却做了七年的财务工作，没有写过一本日记，没有出版过一本书。甚至，未发表过一篇原创文章。

虽然做财务工作到第七年，我的收入水平已经明显高于数据统计出的人均水平，口袋里也常有足够的零用钱能满足我买下多本心仪的图书——

可是，那些拥有漂亮封面的图书，那些写满优美文字的书籍，没有一个字、一张图是来自于我的，也没有一本是标有我的名字……

夜深人静时，我常想，为什么当初我没能坚持自己喜欢做的事情。还有，我做财会工作的每一天既然是如此的不开心，为什么至今也没有选择放手？

我知道，正视自己的喜好是一件容易的事，可是处理自己的喜好，却是非常棘手。

看看镜子里的自己，不知不觉来到了 30 岁。

虽然没有那么老，可是也已经组织了家庭，未来两年还计划生一个宝宝。这意味着不得不承担起抚养下一代的职责。

这一切，正成为之所以难以做出抉择的根本原因。

如果我现在换了工作，那对整个家庭的生活水平势必会带来不可预估的影响。

这些年我跟老公已经习惯了每周出门做 SPA，定期出门旅行一趟，并且每个季度都要互相给对方送上一两件价值不菲的衣服。还有我日常用的那些护肤品，无一不是知名品牌……

我难道为了去做一份仅仅是喜欢的工作，就舍弃掉如今唾手可得的舒适生活吗？

我在犹豫着，徘徊着。晚上昏昏沉沉地睡去。

等到了白天，一走进办公室，我整个人又陷入了极大的压抑之中。

渐渐地，我不再喜欢笑，甚至常常无意识地将自己反锁在房间中，被这样的问题反反复复地纠缠着。

直到老公察觉到了我的不愉快。

当他了解到事情的真相后，竟果断地劝说我放弃这份吞噬我快乐的工作。那天，他具体说了些什么我都忘了，只记得他看我的眼神，是那样的坚定。

如今，我只是这个大城市里非常普通的一名图书编辑。跟之前做财务主管相比，我在这个行业只能算是刚起步，薪水也少得可怜。

可是每天一走进办公室，当看到那些书架上码放着整整齐齐的图书，当我打开电脑，欣赏着五颜六色的图书封面，我的心情就如同桌上摆放着的那盆马蹄莲，春水初生，春风十里。

也是在那个时候，我才深切地体会到——在这个世界上，没有比找回真实的自己更值得让人开心的事情了。

这是关于我在工作方面的事情，还有一个是关于闺密小雨和她男友的事情，想来也是这么一个道理。

小雨和她的男友彼此都很爱对方，这在他们互相注视对方的眼神中，可以轻易地察觉到。

他们在大学校园里相识。

那时候小雨很活泼，爱笑，暂且没有生存的压力，这一对有缘人很快便相爱了。只是后来才知道，爱情总要经受得住柴米油盐的考验，才能变得更加坚固。

步入社会之后，他们自然少了很多时间一起出去游玩。

小雨是个非常努力的姑娘。

两年的时间内，在这个现实到谈对象都必须有房有车有存折的城市里，她既不靠亲爹也不拼干爹，单单凭借自己的一身冲劲，就坐上了公司销售部经理的职位。

然而，小雨没注意到的是，那天当她兴冲冲地将这个好消息告诉男友时，他的嘴角勉强挤出了一抹微笑，下一秒钟便是借故去了厕所，然后在那里，点燃了一支烟。

是的，作为一个男人，他为女友的能干感到自豪，同时更为自己的无能感到惭愧。

想到他这两年，非但没能很好地晋升，甚至报名参加计算机考试，还需要女友"仗义疏财"。

渐渐地，或许是因为自卑感爆棚，他开始躲着小雨，不接她的电话，也不参加她组织的任何一场聚会。

烟越抽越多。

两个月后的某一天，他突然开了一辆宝马车回来，无比自豪地跟小雨炫耀，说这是公司为了庆祝自己升职，特意派给他的车。

小雨非常高兴，当即激动地一把抱住男友的脸颊，狠狠地亲了好几口。

三周之后，东窗事发。

小雨在家中阳台晾衣服时，发现男友开车到楼下，车里载着一个与她年纪相仿打扮得花枝招展的姑娘。

甚至，她下车的时候，男友还很殷勤地跑过去为她拉开车门，然后把自己的手乖乖地递过去，接住姑娘的手，小心翼翼地放在手心上。

小雨十分恼火，她猜到这个姑娘与男友的关系不寻常。

那天晚上，她故意压住火气，让自己看上去像什么事都没有发生的样子。

两周以后，男朋友回家都没再开过车。

那个时候，小雨才知道，原来车是男朋友求着那位姑娘借给他用的，为的就是在自己面前装装所谓老爷们儿的阔气。

男朋友说，他看着小雨一路升职加薪，职场之路走得顺风顺水，可自己干什么都不行，自觉作为一个男人，他太失败。

为了顺利借到车，男友联系上老家的这位姑娘，并且为了感谢她的"借车之恩"，还把存了一年多的钱都拿来请她下馆子，送她香奈儿的化妆品。

是的，为了这么一点看似体面的豪气，他未来一年都可能要靠女朋友的资助，才能顺利地活在这座一线城市里。

——因为，他的信用卡张张都被刷爆了，可谓是欠了一屁股的外债。

　　他原本只是一个柠檬，虽然酸涩，却自有它的一股芳香。而现在为了变成橘子，硬把自身的特长去掉，却也未能真的如愿变成一个人见人爱的橘子。

　　在这个世界上，柠檬和橘子原本就是两种不同的水果。觉得自己工作不行努力就好了，为什么要借车去充面儿呢？

　　与其让自己每天辛苦地演戏，不如脱下面具，活得真实一些。

聪明的姑娘，都懂得对爱情及时止损

及时止损，意味着在一段感情中，你能明确自己所处的环境，能为这段感情如何发展，下一个果断而正确的决定。

世风日下，经济忧患的时代，人人都是哲学家。

我的闺密就曾跟我说："得不到的，及时放弃；已失去的，当作回忆。"并且她还规定了爱情三原则："不追、不问、不主动。"

我笑着问她，这都 21 世纪了，你的准则怎么还保守得像个黄花大闺女？

她非常自信地挑衅我："看着吧，到时你会知道我多英明！"

面对爱情时，相对于闺密这种从不主动的保守党，我倒是更看不惯那种——不分时间场合地点人物，总是"从一而终"的死心眼。

曾经，我也在站台、地铁等车时，看到过身旁的一对男女拥抱在一起，热烈地亲吻。可有谁知道，这些爱到生离死别的人，最后又是否会真的携手走进婚姻。

朋友的朋友潇潇，就曾因持"从一而终"的超级保守原则，生生断送了自己四年的大好青春。

有人说青春都喂了狗，但我觉得这"狗"身上，也有不少文章可写。潇潇喂养的狗，绝对是"狗"中奇葩。

像所有第一次坠入爱河的女生一样，潇潇在自己最美好的时候，也遇到了一个非常有气质的男孩。

可惜的是，这个男生似乎对潇潇并不感兴趣，每次她偷偷放在他抽屉里的零食，他都飞快地吃光。但夹在塑料袋里的小纸条，却一张都没展开看。

渐渐地，潇潇开始对这份感情有些心灰意冷。

相比之下，或许大部分女孩还是更喜欢做公主的。于是在另一位男生猛烈地追求下，潇潇莫名其妙地答应了对方，成为了他的女朋友。

朋友说到这里的时候，我打断她说："也许是因为潇潇看到对方是怎样珍惜自己的，想到自己当时也曾如此辛苦地去讨好一个人，所以才动了心思，跟对方走到了一起。"

朋友不置可否地点点头，故事继续：

他们第一年在一起时，这个男生还是非常宝贝他的女朋友，想尽办法给潇潇买各种好吃的。周末放假，不回家的时候就带她去看电影。

男孩也不知道哪里来的那么多生活费，还时不时地给潇潇置办一些时尚衣服，漂亮首饰。

为此，潇潇觉得自己一开始的决定是正确的。她放弃了自己最爱的人，选择了一个爱自己的人，她现在每天都领略和享受到对方带给她的，明明白白的幸福。

然而，好景不长。

人似乎对于轻易到手的，都不会太珍惜。

仅仅是一年半后，男孩渐渐地就不再回潇潇的信息，电话也时常故意不接。他们的争吵次数越来越多，一次比一次严重。

直到有一次，男孩一着急，伸手打了她一巴掌。

潇潇当即愣在原地，等她反应过来时，脸颊是火辣辣的热和疼——她的眼角边，早已流下两行清泪。

她伤心欲绝地转身离开，有一段时间没再联系男孩。直到有天他回过头来跪在她面前，一次次朝她磕着脑袋。

或许是潇潇心里起了怜爱，两个人竟又和好了。

糟糕的是，不久之后他们之间再度爆发了"战争"。

这一次，男生开始监控起潇潇的生活，他控制她的行踪，甚至不允许她与公司异性同事有任何正常的业务来往。

望着眼前男生那双因暴怒而瞪大的双眼，潇潇感觉他分明就是个陌生人。她丝毫不敢相信眼前的一切，并且在心底狠狠地发誓："一定要离开这个恶魔，一定！"

可是，两个月之后，他们仍在一起。

直到后来，潇潇怀孕了。

她当时也已 25 岁，最好的年华都跟这个人度过了，她甚至没有想过，离开他以后，自己的日子要怎么过。

或许是形成了一种依赖，潇潇主动提出要跟男孩结婚。男孩同意了，条件是：不能跟他家要房子车子和一分钱。

为了肚子里的小生命，潇潇默默地忍受了。

但她也不想自己嫁得太寒酸，怀孕的那段日子，一边照顾自己的身体一边努力赚钱，下班还要回他们租住的房子打扫卫生、洗衣做饭……

那个男生，则像交了保险，一点都不担心未来的生活。他大概早已忘记，眼前这个正在做家务的女孩，当初为了得到她，他曾付出过怎样的努力。

可是，那毕竟是过去，人心都是会变的。就像王家卫在电影里说的："这个世界上，没有什么不会过期，连凤梨罐头也是。"

所以，他们的爱情或许早就过期了。他已经不懂得珍惜，而她却因为早期投入了太多的"沉没成本"，时时不肯掉头离去。

在爱情里，出现这种问题不及时解决，也不懂得及时止损的女生，受苦的总是自己。

听到这里，我不忍心让朋友再说下去。从她黯淡的眼神中，我也大概猜出了故事的结局。

如果潇潇懂得及时止损，一定会选择打掉孩子，然后离开这个男人，重新出发，去选择能让自己幸福的生活。

就算，并不会很快就遇到生命里的那位真命天子，至少，她一个人的时光，也好过为不懂得珍惜自己的人心碎。

及时止损，意味着在一段感情中，你能明确自己所处的环境，能为这段感情如何发展，下一个果断而正确的决定。

更重要的是，现在既然收不回"沉没成本"，就要顾及到今后，毕竟过去的任谁也无法倒转和挽回，但未来的，却可以进行投资和规划。

说起"沉没成本"，这也是很多身处恋爱中的人，不愿轻易结束一段感情的最根本原因。

大部分人会觉得，既然已经为一段感情付出了如此多的时间、精力，中途就这么白白放弃，实在是很可惜。

甚至，一些女生还会抱有说不定以后他能改好的奢求。久而久之，就使自己的时间成本损失得越来越多。

而真相是，你连明天和意外哪个先到来都不知道，又怎么一定有把握这个人会变好呢？

所以，姑娘们，赶快从你的梦幻城堡里走出来吧！

一个人会使我们感到有希望，一定是你能从他身上，看到一种明朗，而不是你不顾实际情况，随随便便去意淫人生。

也是经历了三场恋爱我才明白：最好的爱情，是我们能够用最适合彼此相处的方式，去对待彼此。在爱情来的时候，不要急着抓住，而应观察下对方是否真的适合；在爱情走的时候，不要过多留恋，痛快放手，因为你毕竟还有明天。

谁都会变。

谁也无法保证能否一起经历明天。

但不管在任何时候，都要相信自己的直觉，错误的爱情不值得等待。浪子回头金不换，不仅是在说浪子的回头有多珍贵，也是在说，能真正回头的浪子实在太少。

所以姑娘，永远不要为了可惜你的沉没成本而屈服于爱情，对待错误的爱情，一定要学会及时止损。

"矫情"是种天赋，只是别人不懂

你知道时间一定会让你成长，但当下的你也是一个真
实的自己，所以为何不能学着去接受和包容呢？

最初感觉自己可能拥有某种天赋或是类似天赋，是源于我的几
个编辑朋友。

我或许太喜欢表达和分享自己了——

不管看了什么劲爆的电影，听了什么好听的音乐，哪怕只是走
在路上看到了一件吃惊的事情，都会整理成文字配以气氛适当的三
两张图片，囫囵上传到微信朋友圈。

这样的次数多了，有几个朋友就忍不住在下面留言：

"你好能感慨啊！"

"你真是矫情！"

"你一天要发几条价值观？"

看到这样的评论，我一点也不觉得是我的"勤奋"叨扰了别人
的日常生活，反而觉得，我写的东西能有人看，甚至评论，就是好的。

最最重要的是，有钱难买我愿意。

我不是为了装酷，也并非闲着没事干，只是看见就有了感觉，想写就写想发就发而已，做一件事没有任何目的，就图个自己开心不挺好的嘛！

于是我就统一回复："心活手贱，一天不发表就会死。"

几秒后又有新回复："好吧，以后哪天看不到你的消息，就代表你彻底玩完了。"

我也懒得给他们回"去你的"，文字游戏而已嘛，大家乐乐就算了。

你们说我心思纤细如林黛玉也好，说我没心没肺如慢羊羊也好，我对这个世界的看法，就只取决于我眼中的样子。

但是，你们说的矫情到底算怎么一回事？

前阵子，豆瓣上有本书火了。内容我没看过，相信很多知道这本书的读者也不一定认真翻过，它的名字叫做《文艺女青年这种病，生个孩子就好了》。

大致上网搜查了一下，发现不过是新晋辣妈写自己如何怀孩子，坐月子以及产后养孩子陪孩子的一本书。

"这不就是本新手妈妈育儿指南嘛。"我暗暗地想。可这书名也太会起了，让人以为文艺女青年真的是种病，毒性成瘾，非结婚生子不可救治。

记得之前，我的一个男性朋友总是刻意躲避和我交流。

朋友也是做影视行业的。

作为同行，每当我想找他探讨一些专业上的问题时，他总借口说："抱歉，我这周要加班"，或者"对不起，我单独跟女性约会会被甩"等各种不靠谱的理由拒绝掉。

后来，在我的一次"严刑逼供"之下，他才缓缓打出一串字回应我。我至今仍记得最初看到那几个字，内心是何等地恐惧不安。

他发来的话是："我讨厌文艺女青年，请你尊重一个社会主义国家公民的自由选择。"

我真为自己叫屈，是什么时候我被定义成"文艺青年"的呢？难道只因为我没事喜欢看看电影，听听音乐，读书写点心情……

于是，我眼泪都顾不上擦干就去百度了女文青，"度娘"给出的回答是这样："文艺女青年是从事文艺的青年女士，文艺女青年一般物质生活丰裕，不愁衣食，没什么生活压力和负担。"

不仅如此，还拿出《红楼梦》中大观园的十二钗女子仔细对比、分析，说园里的人她们的平均文化水平不是一般的高，从少奶奶王熙凤到薛蟠小妾香菱，人人皆是出口成章。

但是这俩人相对于其他姐妹，最多算是"应景儿"，算不得真正的文艺。就算是博学多才的薛宝钗，也只因身上烟火气息太过浓重，只算是个有学问的大家闺秀而已。

倒是林妹妹和惜春，是真正的"满心不问世间事，一心只求我自由"。

原来如此，用通俗到大白话的语言理解，"女文青"就是吃饱喝足了没事干，找个地方作死自己的一类人啊！

但我明显不是——

在外表装扮方面，我从不留恋长裙帆布鞋，甚至可以为了追一部好电影顾不得梳洗打扮；

有一年冬天下雪，早起上班，路上我还能以有机会穿到男朋友的棉衣为荣；

在物质方面，我在京城奋斗七年，虽尚未被过高的消费水平整垮，但基本上也只能算个可以自行解决温饱的小女子。

哪里有衣食无忧、闲到只能靠作死（诗）聊以度人生的地步。

也就是在那阵子，我开始有意遏制自己内心的这股原始冲动，因为就连我的男朋友也开始抱怨："你朋友圈都写的什么啊，乱七八糟的，幼稚。"

我感到很委屈，朋友们觉得我矫情也就算了，连那个我面对他时可以把头低到尘埃里的人，竟也这么说。

伤心。气愤。绝望。

那段时间，虽然我仍然保持着每天一部电影，周末半本书籍的节奏，再也不写朋友圈了。

最初，好几个朋友发消息或打电话过来问我："你没事吧，怎么都不见动态更新了。"

我一律压低声音回："没事，我只想做一个安静的美女子。"

可是，后来，事情有了转机。

一位图书编辑联系上了我，上来就摊牌说，她想跟我合作出版一本书，励志方面的。

她说她早就在朋友圈里关注我了，我写的那些零零散散的特别接地气的文字，让她一直想找个机会认识下我，交个朋友。没想到，最近她们公司正在策划一本跟"奋斗"有关的主题励志书，她一下子就想到我了。

我有些受宠若惊。原来，还真有人"欣赏"我那些零散日子里断断续续的感慨啊。

我渐渐意识到，正是自己这种细腻的感情，不受困于现实随意的分享，让我一步步"成就"了今天的自己。

到现在为止，我已经积累了不少于 500 部电影的阅片量。那些因热爱读书养成的写日记的习惯，也极大提高了我的写作水平，使我顺利地应聘进入自己一直很中意的一家文化影视公司。

还有最最惊喜的，当你们看到这篇文章时，也就是跟我一同见证了这本书的诞生。

是的。

如果不是我的"矫情"，这一切不会如此真实地呈现于眼前。

就算我那些洋洋洒洒的文字"后花园"，最终只有我这么一个忠实的读者，至少它也是我对自己某个人生阶段最为详尽、切实的记录——

它不关乎金钱、荣誉，只因为我乐意把自己当时的状态写出来，分享给所有人。

记得，曾有一位我很崇拜的男性朋友，他在自己变得成熟之后，曾专门花费了一整晚的时间删掉自己过去两年的所有微博内容，包括一些在我看来很好的总结。

他之所以这么做，是因为现在的他认为那些内容是肤浅的，可笑至极；一些当时分享的电影、音乐单曲，他也认为是幼稚的，根本没有收藏的价值。

他还警告我说："成熟的人绝对不会这样做，而是知道自己该留什么，不该留什么。"

或许吧。

当我有天再回头去读这些文字，也会惭愧地质问自己："你怎么会写出如此稚嫩的东西？"但，那毕竟是明天的事情，此刻如何，享受当下才是最重要的。

你知道时间一定会让你成长，但当下的你也是一个真实的自己，所以为何不能学着去接受和包容呢？

三毛因出版《撒哈拉的故事》红遍大江南北后，又在出版社编辑的联络和恳求下，出版了自己十几岁时写下的文字——《雨季不再来》。

她在序言中说："当三毛还是二毛的时候，写了一些稚嫩的甚至有些荒唐的文字。但正是这些稚嫩的文字，才成就了今天的三毛。"她也能够想到，或许把这些"登不得大雅之堂"的文字拿出来，会遭到一部分读者的诟病或嘲笑。

但她绝不后悔做出这样的决定，因为这虽然是二毛，却是成就了三毛的二毛——没有二毛对文字的喜爱和演练，就永远不会有此刻成功深入人心的三毛。

三毛为这本散文集取名叫《雨季不再来》，我想也是有着一层深刻的含义：无论她喜欢或厌恶，一生仅有一次的二毛时代，注定永远都不再回来。

所以，"矫情"有什么好反感的呢？

不过是心思细腻了一些，对这个世界的感觉、触觉各方面的感受都来得强烈了一些——难道对这个世界多一点感受不好吗？

虽然有时偶尔也会陷入情感的低潮，容易哭，容易笑，但这就是最真实的自己。

如果你要问我现在是怎么看待自己的，我只能笑着回答你一句："走自己的路，矫情是种天赋。"

减肥这种事，不到痛处不行动

　　　正是从那些鄙夷的目光中，他又重新找回了蜕变的勇
气。最终，通过自己的努力，他变成了一个更好的自己，
也拥有了一个更好更美的世界。

　　你身边有没有一直口口声声嚷着要减肥，最终一个冬季过去，
不但没有成功减掉，反而莫名其妙增加了体重的朋友呢？

　　曾在豆瓣上看到这样一句话："整个世界都是瘦子的。"那是
否也可以理解成："整个世界都不是胖子的。"

　　的确，肥胖不但会使一个正当好年纪的人，显得比真实年龄更
成熟甚至是老，也会让他的自尊在别人面前大打折扣。

　　对于那些胖子来说，每个瘦子简直就像世界为他安排的公敌，
以及最残忍的参照物——是啊，每当一个瘦子站在一个胖子跟前，
明眼人总是能一下子就看透，何为审美。

　　啊！多么痛的领悟。这些肉，曾是我的全部——这是一个胖子
内心无奈的压抑呼喊。

　　可是拜托，现在已经不是唐朝了，"以胖为美"的审美观早就

被颠覆了，或许"三十年河东三十年河西"，某天这种奇葩的审美观还会再度回归吧，只是不是今天。

减肥这事，是最考验自制力和意志力的。

今日我们所食用的一切，不是掺杂了超标物质，就是经过了地沟油的淬炼，早已经使我们变得"百毒不侵"。何况，人们是那么忙碌，忙到大部分时间只能吃快餐。

但减肥这事，若是不拿出一个真实的例子，便总有人会觉得是天方夜谭。

俗话说，一个人对待自己的态度，会体现在其外表（装扮）上。试问你何时见过一个穿着邋遢且四六不分的人，会成为人群中的亮点，甚至是时尚偶像。

我所见过的一个最励志的故事，是来自"知乎"上的一位答题大神。

作为一位正宗的文艺女青年，我的手机上下载安装了时下最流行的各种 APP，比如韩寒的"一个"啦，知乎日报啦，以及微信上多到数不清的文艺类公众号。

每天晚上，阅读"强迫症"促使我务必挨个点击公众号，这使我一日不得闲，很多碎片化的知识都是来源于此。

是的，当下正是一个不折不扣的碎片化信息时代。

某天，就在我按照行为习惯照例浏览"知乎"的时候，发现一篇名为《男生由丑变帅是怎样的一种体验》的文章，我很感兴趣啊，赶紧点开。

当然了，点赞数量最多的答案，自然是排在答题队伍最前面的。这时，我就看到昵称为"秋石"发布的一则回答，排在了最前面。

我用手指滑动一下手机界面，发现这答案挺长，目测洋洋洒洒得有两千多字，不禁对答题的人产生了一丝好感，起码态度诚恳，估计文中会有干货。

果不其然，我耐心地阅读完他的帖子，看到了正文中穿插着题主各个时期的照片——哇，小学六年级简直就是"一头来自非洲部落的大野猪"。

虽然这么形容的确有些难听，但我真的不想掩盖现实。

秋石分析说，小时候对审美没有太多概念，父母给的基因不算太差但也不算很好，他犹如一棵长在荒原的大树，任性而随意地生长着。

等到了初中阶段，灵光乍现似的，忽然开始留意到外表、形象的问题。

这时就发现女孩子的马尾总是香香的，夏天也爱穿些印着蝴蝶、花朵或者斑斑点点的裙子。

特别是秋石喜欢的那个女孩子，总是高高地梳着两条精致的羊角辫。他不理解为什么自己会被吸引，只感觉那个女孩子是如此的干净、纯洁、可爱。

到了高一时期，秋石仍然不注重饮食习惯，体重一如既往地保持着当年的"优势"。

在整个班级中，老师一眼就能看到他肥硕的身躯。特别是在上体育课时，其他学生轻轻松松就能完成的 1000 米训练，他却跑到天旋地转大口大口地喘气，依旧达不到及格的边缘。

特别是那年夏天，学校修建了新的游泳池。

当同班的哥们可以穿着一条非常合适的泳裤，去到池里轻松地同大家一起热闹嬉戏，他却只能悲哀地从肥硕的腰间拉扯出一层厚重的脂肪。

因为自卑，直到夏天彻底终结，他也没敢向泳池迈出一步。

那时候，一个强烈的声音在心底呐喊着："我要减肥，我要告别肥猪一样的自己！"

说到不如做到。

第二天，他就买了哑铃，每天不管功课多忙，晚上睡觉之前一律举 50 个。然后在学校附近的健身馆办了健身卡，一周至少去三次，游泳、跑步、练器械……

刚开始的一周，早晨睡醒以后，全身犹如被人斩断筋骨般疼痛，但他从未想过放弃。想想这件事，甚至关乎到了自尊和作为一个男人的面子，再大的痛苦都可以忍受。

渐渐地，他举起哑铃的频率越来越快，数量也越来越多，胳臂也开始变得结实有力。

跟健身馆的教练逐渐打得火热，甚至有空还会相约一起去对面的咖啡馆喝一杯；也认识了常常前来健身的漂亮女孩，后来知道他们是同校不同系。

等到高中毕业那年，他已是穿着合体的校服站在人群里。

许久不见的教导主任惊呼道："这是秋石吗？"班主任更是调侃他说："你什么时候去的韩国？"

进入大学之后的秋石，开始与健身塑形谈起了一场旷日持久的恋爱。听说他不管去哪，都随身带着一副小哑铃。困了，累了，别人喝红牛，他是举哑铃。

正所谓"路遥知马力，日久见人心"，这个人心，用在对减肥这件事的执着和坚持上，也很恰当。

或许一两天的努力换不来什么，但三五年的坚持，足够可使一人脱胎换骨，蜕变成一个全新的自己。

最后，帖子的末端放有一张题主近照，只见他整个身材匀称，肌肉结实有力（穿着衣服，所以看不出是否练就了传说中的八块腹肌），脸部线条也很紧实，轮廓分明。

是的，他说，健身的附带好处是，皮肤变得也很紧致了。作为一个爱美的男生，他甚至不需要花钱买价格昂贵的护肤品，一块舒肤佳就能解决他所有的肌肤需求。

你以为这就是关于"减肥"这件事的全部故事了？

错！

要知道神通广大的微信，还有一个非常神奇的"附近的人"功能。某一日，在我无意中启动这项功能时，竟有一个头像正是题主本人的小伙子申请加我。

加上以后，居然被告知，他就住在我的隔壁。

哦买噶！买彩票也未必有这样的好运气。

很快，我们就相约见了一面。

果然，秋石是很帅的，身高也很符合女性大众的审美，一米八三的个子，简直堪称完美。

是的，他本人正如照片上那么帅气，甚至有过之而无不及。

因为跟他的这次会面，我也更多地了解到，他是如何从当初一个九十公斤的胖子，走到了今天的玉树临风。

当秋石带着笑意向我讲述那些有些"凄惨"的回忆时，我能看到他眼神中的坚定与明媚。

高二那年，他第一次喜欢一个女生。

可是每次接近她，都能深刻地感受到女孩眼中深深的厌恶与嫌弃。那时候，他就意识到，没有一个女孩子，会爱上一个胖子的。

每逢体育考试，他总是不出意料地成为大家口中猜测的那个唯一的"落榜生"。

众人的嘲笑使他崩溃，甚至麻木。

每逢考试时，他都能从大家的眼神中看出，没人想跟他共用一张桌子，因为太占地方。

他很感激那段艰辛的健身时光。不然，大学毕业后来到北京的他，在每天都需要挤地铁的时候，真不知道要遭受多少陌生人的白眼或咒骂。

变为正常体重后，他收到了很多同龄女孩抛来的橄榄枝，其中不乏有些长得很美也很热衷打扮的女生，但是他都拒绝了，他习惯了一个人的时光。

记得网上曾有一篇名为《单身期是投资自己最好的时间》，或许经过那一种健身塑身的付出，他早已习惯了默默耕耘，然后收割一个人的美好。

回首肥胖这件事，曾让他痛过，无助过，深深地自卑过。

但也正是从那些鄙夷的目光中，他又重新找回了蜕变的勇气。最终，通过自己的努力，他变成了一个更好的自己，也拥有了一个更好更美的世界。

"不到痛处不成行"，如果一个缺点让你感到痛苦，最好的办法就是立即付诸行动，做出改变。

第四章

加足马力，你要的一切只能靠自己奋斗

事实上，真正的猎奇或许也只是最初的两三年，等把你的耐心耗尽，现实给你的，永远是做不完的事情，处理不完的人际关系。

而人，毕竟要靠一年一年的成长活下去。如果每年都是老样子，人会很容易怀疑自己的能力。

对于大多数没后台没北京户口的北漂来说，坚持奋斗是个好品质。

别指望总有人会为你喝彩

毕竟，我们只是一群奋斗在底层的小人物，但小人物也有小人物的喜怒哀乐。我们不能凡事都指望别人为我们喝彩，所以哪怕跌倒，也要坚强地爬起来。

曾经，有次我走在路上偶遇到多年不见的朋友小玉，欣喜之余发现大家刚好都有时间，就相约一起到附近的咖啡馆坐坐，聊聊家常。

因为许久没见面，在这座硕大的城市突然遇到一个相识的旧人，内心自然十分的欢喜。我看小玉微笑着的样子，想必她心里也是同样的想法。

坐定，聊了一二十分钟我才想起，去年这个时候她是给我打过一个电话的，说自己可能要结婚了。想到这里，我笑着问她："怎么样，蜜月应该过了吧？"

没想到，小玉没有马上回答我，等我抬头再看，却发现她的眉尖似乎印刻着一道乌云。

"没有。"小玉回答我说，"我跟他分手了。"

顿时，我们两个都不再说话。咖啡馆周遭的气氛也开始变得有些尴尬。

怎么会呢？我心里感到疑问。

在我的印象里，小玉是一个一直对未来有规划的人。

记得当初在同一家公司工作，有很长一段时间公司经营出了些问题。

正在我犹豫着要不要找家新公司去上班时，小玉以迅雷不及掩耳的速度，换到了另外一家公司。半年后，她竟然还凭着自己的努力，坐上了部门主管。

生活里，她对衣食住行等一切方面也都有着严格的计划，什么时间该吃什么，吃多少，都有非常精确的要求。

我们都说她简直像个自虐狂，哪像我们想吃什么就吃什么，想吃多少就吃多少——人生简直像骑马，纵横驰骋。

所以她宣布的消息，一定都是经过深思熟虑的，若非是有非常重大的变故，一般不会发生改变。

想到这里，我不禁想要问问她分手的具体缘由，可又觉得这么久不见，一上来就打听人家的私事，毕竟不妥。

没想到，小玉自己主动说明了原委。

原来，小玉跟男朋友的事业都处在发展中。

公司领导很器重她，正好公司有个部门经理的职位空缺，领导私下找她谈过话，非常希望她能再努力努力，争取拿到这个职位。

男友之前跟大学同学合伙成立了一家小影视公司，随着近两年网剧的爆红，逐渐开始走上正轨，眼下正需要他再接再厉多努力一把。

与此同时，结婚被两家父母提上日程，毕竟他俩的年纪不小了，家人想要他们结婚后赶紧能有个孩子。

这就与小玉的人生规划相违背了。她跟男朋友说，目前她暂时没有生子的打算，她想等靠自己的能力在这座城市买下房子再说。

争吵了两个多月，两个人都有些疲了，累了。

小玉也是在这时候才意识到，男朋友其实是那种有些大男子主义的人，不希望结婚以后自己的太太还在外面抛头露面。

偏偏她最看重的，除了家人，就是自己的事业。

他很气愤地质问小玉："难道我不算是你的家人吗？"小玉回答不上来，委屈地掉了一夜的眼泪。最终，他们分手了。

故事讲完了。

小玉告诉我说："原本以为两个人在一起最难的是相爱，却没想到真正难的，是相处。"她说她根本没想到男友竟然不愿做出丝毫的妥协。

我问她："后悔吗？"

小玉笑着摇摇头，告诉我说她现在挺好的。虽然最终还是因为一点小小的失误，与部门经理的职位失之交臂，但毕竟自己为此努力地争取过，也就没有遗憾。

她说，以前他们相处的时候，大事小情他不管什么总是让着她的；每当她在公司取得了一点进步和成绩，他也总会主动下厨烧制一桌拿手好菜为她庆祝。

只是不知道在何时，他们对人生的规划竟出现了这样大的偏差。

直到这个时候，她才恍然大悟：不能总指望别人为自己加油、喝彩，哪怕是有了相爱的另一半，你的人生仍然是一个人在闯荡，无论是欢喜、忧愁，所有的事说到底还是要靠自己承担。

小玉的这番话使我陷入了深思。

记得曾经，我也有过一个凡事处处忍让和包容我的男友。

最后，七年过去，我没想到他的这份包容和体贴，换来的不是我同等的对待，却是我的变本加厉，以至于对方因无法忍受我的霸道，抽身离去。

太多的依赖，使我变成了一个万分矫情的女子，也变成了一个脆弱到一阵风都能轻易吹倒的纸人。

当一个人发现自己已然变得不再像自己，而身边那个过去曾一直携手陪伴的人又突然离去，世上还有比这种事更让人感到悲哀和绝望的吗？

有段时间我住在城南的某个村落。当时正值冬季，前几天刚刚下过一场大雪，屋外是天寒地冻的世界。

某天周末早晨出门，我在废弃的墙边看到了一只通体黄色的小猫咪。它全身都脏兮兮的，胡须上还沾染了一点污秽，看样子是只流浪猫。

很多流浪猫都很怕人，可能与它们曾遭受过人类的殴打有关。可是当我走近这只小猫时，它却很乖地低下头，闻了闻我的手，然后静静地站在原地望着我。

那是一双非常纯净的水蓝色眼睛。

我曾在网上看过一个帖子，说很多流浪动物因为饥饿，会很容易就死在冬天。

想到这只小猫咪很有可能也将遭遇此厄运，我便将它抱起，抱到了我有暖气的房间。然后上街去买了点猫粮，又拿出一个废弃的小铁盒，盛了些干净的水放在地上。

屋子里，电脑桌前有一把非常舒服的转椅。

渐渐地，猫咪吃饱喝足以后就跳上转椅，打着盹。这样的状态持续了好些天，直到一场大雪再次降临。

小猫咪好像习惯了这样的生活，每天不定点地过来找我。

只是因为它没有时间概念，所以有时我正要锁门去上班，却看到它蹲在楼前的一棵树上等着我；有时我下班回到家，想叫它来屋里取暖，却整个院子都找不到它的踪迹。

一个月后，它已经被我惯的，每天很少出房间了。

屋子里的暖气没有多热，却怎么也好过外面零下几度的寒冷。于是，我很担心，假如它偏巧赶在我要去上班的时候来找我，我该要如何安置它呢？

就像猫咪一样，人也是不能被过分保护的。

过分的保护，时间一长，别人会以为你只是个需要奶娘的小孩；而对于你自己来说，一旦某天失去某人的保护，你便会觉得世间犹如地狱，自己就是那朵被小王子抛弃的玫瑰，这是最让人痛心的。

其实，看看周围，谁的生活都不那么容易。

生活在这座大城市的人们，都有着同你一样的烦恼：交通太堵，消费太高，房贷简直是噩梦，甚至每天做的工作，也未必就是真心喜欢的。

但是这又能怎样？

别人也一样马不停蹄地朝着梦想努力，或许他曾抱怨，伤心，无奈，但这些原本就是生活的真相。没有人能在你失意时及时送去关心，也不会有人在你春风得意时，就刚巧做了一桌好菜打电话约你庆祝。

学会接纳生命所赋予的一切，是我们学会成长的第一步。既然已经选择了前方，就无畏风雨兼程。

《我是演说家》中有位参赛者演讲了关于他与兄弟之间的一个

故事。

他们曾为共同的事业和理想一起打拼，却因为太忙，太累，太辛苦，导致彼此即使生活在同一个城市，却最终七年都未曾见过一面。

尽管那阵子，每次两人通电话时，他也曾隐隐感觉兄弟似乎有许多心里话想要告诉他，却总以工作太忙，等有时间可以再聚为借口安慰自己，终于没有主动问候一声。

结果，几个月以后他的这位好兄弟跳楼自杀了。

他的选择或许有些极端，但毕竟我们不是他，永远不会知道跳楼前的一刻，他的内心承受了怎样的压力——只是想说，如果他能再独立一些，再开朗一些，就算没有朋友的鼓励，他也一定可以靠自己化险为夷。

毕竟，我们只是一群奋斗在底层的小人物，但小人物也有小人物的喜怒哀乐。我们不能凡事都指望别人为我们喝彩，所以哪怕跌倒，也要坚强地爬起来。

不要觉得一件事得不到回应就是失败的，而要相信，只要你足够热情，足够坚持，你所喜欢的也一定会反过来拥抱你。

默默地奋斗，别总指望有人为你喝彩，是每一个人应有的品质。

愿我们都能长大，学着一个人扛起生活的重担。

当你走过荆棘，迎来掌声，终会明白："一个人也可以是千军万马。"

你会痛苦，只是因为太敏感

对生活充满敏感的人，或许更适合成为一个艺术家。

以前看《红楼梦》，不懂林黛玉为何身体会那么差。

直到后来随着年纪的增长，在社会上经历了许多的人情世故后，这才恍然大悟：她是心思太敏感。很多无关紧要的寻常小事，在她那里却像是听到了爆炸性新闻，一个劲地陷在悲伤里，回不过神来。

要我说，心思太敏感，觉得人生哪里都是坑和痛的人，还是好好在老家待着为好。到了结婚的年纪在父母的安排下，娶个媳妇生个孩子，做一份简简单单足以养家糊口的工作就算万事大吉。

这样既给自己减少了许多烦恼，也让在乎他的人省了不少心。

要知道，在社会上闯荡，一个没有背景没有身份的小人物，有几个背后没有血淋淋的过往，又有几个不曾背负沉重的包袱？

是的，人们有时把生活过得太纠结太痛苦，不因为别的，只是因为他们的心思太敏感。

前不久，我跟一位编辑朋友雨菲聊天。也许那天她工作不太忙，心情也很好，竟然跟我说了很多话。

我也是第一次，真正了解到有关她的故事。

刚毕业那年，雨菲跟男朋友都没什么钱。她喜欢繁华的北京，男朋友则喜欢生活节奏相对缓慢的成都。

或许是她爱他更多一些，最后还是妥协了，跟着他去了人生地不熟的成都。

南方的冬天很冷，那是有生以来她生命中第一个没有暖气的冬天。他们的生活异常艰苦，在只能容纳一张桌子的小房间里，雨菲把自己彻彻底底地交付给了对方。

天亮的时候，雨菲以为这就是永远，身边的这个男人一定会陪着自己，携手走到天荒地老。

可是，他们却因为钱和生活的琐事争吵得愈来愈厉害。

南方的冬天是湿冷的。常常，她为了能让他有干衣服穿，不惜晚上偷偷将它们压在自己的被子下，把衣服焐干；每次发工资，她都会拿出一部分钱给他买件品牌的衣服，而她自己却整个冬天都没添过一件新衣服。

渐渐地，雨菲觉得这个男人变了。于是，她也变得不再甘于付出，反而不断地向对方索求，终于逼对方说了分手。

也是分手那天，男朋友告诉了她事情的真相：原来，他母亲得了重病，长期以来都需要吃一种价格昂贵的药物，才能勉强维持生命。母亲不想连累他，几次都想放弃生命，都被他劝住了。

就在他为母亲的病奔波的时候，某天夜里突然接到了父亲从医院打来的电话，说母亲在清醒的时候自己拔掉了氧气罐，等医生发现的时候，人已经走了半个多小时。

他在电话这头痛哭不已，为自己无力救治母亲而内疚至极。

他承认当时因为事情紧急，在很多方面都忽略了她的感受，原本他也想用时间来证明自己是个可靠、值得托付终生的人，奈何她整日胡思乱想，胡搅蛮缠终使他的心更觉疲累，两个人最终走到了尽头。

从那以后，雨菲决心做个"粗犷"的人，凡事不再猜疑和计较。

如果说对这段感情有什么遗憾，只能是当时并没注意到他遭遇的这些境况，没能站在他身边，给他鼓励和加油。

可能这就是没有缘分吧。

雨菲这样告诉我说："不然为什么跟他在一起三年，却错过了唯一一次帮助和鼓励他的机会。"

是啊，如果不是因为她的多疑，说不定她现在还好好地站在男朋友的身边，说不定他们早就结婚了呢。

我知道，其实我们每个人的内心都会脆弱。遇到不开心的事会难过，遇到伤心的事会痛哭，要好的朋友离开会不舍，生活的压力过大会产生悲观情绪……

或许你也如我一般，没有一天不盼着能早点结束在大城市流浪的生活，回到那个儿时生长的故乡，每天都能吃到母亲亲手做的饭。

我不敢说一个人心思敏感是件百分百的坏事，就好像林黛玉，她的伤春悲秋，她的盈盈细泪，是大观园里其他姐妹们没有的姿态，令人格外怜惜。

也正是因为这样，她能很敏感、准确地捕捉到贾宝玉的一些心事，从而成为那个他唯一心爱的女人。

可是这些多愁善感，最后也彻底摧垮了她的身体，给她平静的生活带来一些不必要的阴霾，让她的生活变得更为痛苦。

一个多愁善感的人，连眼睛里看到的世界，都是灰色地带。

还有一件发生在职场上的事情。

以前我在某图书公司做编辑时，曾收到一位作者的投稿。

我在最初跟他沟通联系几天之后，就意识到这个人性格十分急躁。他每天都会问我好几句："我的稿子过了吗？过了吗？"

我总是很礼貌地告诉他："一般公司审核稿件都要先开会看选题是否成立，您写的内容如果确实符合我们的定位，都会过的。只是审核需要一定时间，等这边一有消息，我会立即回复您。"

然而他总是不以为意，第二天照样问。

最后，也不知经过几次这样的沟通，我终于有些不耐烦了，就故意没有理他。

结果，第二天一上线我就收到了对方这样的回复："对不起，沈老师，我的稿子你们不用看了，我已经转投给其他公司了。"

我只好无奈地跟他说句："好吧，希望下次有机会再合作。"

然而，非常巧的是，几天以后我的一个朋友（她在别家文化公司做图书编辑）跟我说起了他的事，抱怨自己已经被这个人每天必有的狂轰滥炸彻底烦倒，问我该怎么对付他。

我听了以后哈哈大笑，跟她说明事情的原委，我俩差点抱在一起欢庆倒霉。

几天以后，果然如我预料，同样的戏码又在朋友的公司上演了一把。

说实话，那位作者的文章写得蛮好，文笔也够优秀，只是一本书要不要做，实在不是一个小编辑就能决定的事。

哪家文化公司的编辑接到投稿都得问上司的意见，况且就算选题通过，审核稿子也是需要时间的。

可是这位作者太过心急，并且潜意识里总觉得现在没有人肯要他的稿件，那一定就代表再也没有出版的机会，所以才会一次次主动弃投，转投。

最后，我不清楚他的稿件是否顺利出版了，只是觉得，就算能够幸运地走到最后一步，大概也得需要花费一段时间了。

这世界上的许多事情都是需要等待的，没有一上来就十全十美刚刚好的，也没有出门抬头就能见喜的好事。你既然已经为一些事付出了心血和努力，又何必要担心这个即将到来的结果不是善意的？

人实在没有必要为了下辈子会过怎样的生活绞尽脑汁，单单顾好眼前，就需要你太多的勇气。

对生活充满敏感的人，或许更适合成为一个艺术家。他们的双手够灵活，眼睛够毒辣，只可惜力气用光，人就容易感到疲惫，也不是谁都可以真的无所谓。

别忘了，人的精力总是有限的，与其花费力气去猜度，害怕自己会落入俗套而不如意的生活，不如暂时忘掉一切，先把眼前顾好。

就算你所恐惧的那一刻还是不可避免地来了，那又能怎样呢？迎头而上呗！

你并不甘心做个无用的人

　　这个现实的社会，终会通过一些事实，让你看清自己在这个世界的位置。

　　这个世界上，有谁是真正想要当个无用之人的吗？

　　这个问题我没有广撒网式地问过，但就我对人性的一点点了解，我相信：没有人真的愿意自甘堕落。

　　尝试过的"得不到"和从未尝试过的"得不到"，有着本质上的区别。

　　男朋友经常跟我炫耀说："其实我特别喜欢加完班以后，全身热出汗水的那种感觉。有时就算累到一抬头感觉整个天空都有些晕眩，起码我在清醒的那一刻，非常清楚地知道，我的生命是在运动，我的汗水是为自己和未来的幸福而流。"

　　最起码，我认识的几个朋友中，真的没有几个人，是习惯于每天吃了睡，睡了吃，不管有没有一份合适的工作，都会特别开心。

　　甚至他们中的几个人，还相当反对做一份自己不喜欢的工作，哪怕这份工作能为他带来一笔比较可观的薪水。

说白了，我们这些人也算不得是追求自我的人。真正追求自我的人，想必根本不爱这种所谓世俗的生活吧？

在我看来，反正他们是属于真正的特立独行。

不甘心在一个公司做着一份没前途的工作，哪怕这份职位已经给了比较满意的薪水；不甘心就这样当个上班族，年复一年白白浪费自己的青春年华。

突然发现，大家有那么多不甘心的事情。

我知道，你并不甘心做个对社会无用的人，你并不甘心只拥有这样平淡无奇的人生。

同样是在影视公司工作，有时候我也会问自己：为什么参与制作那些大电影项目的人不是我？

如果你也遇到这样的困惑，我建议你去智联翻翻各大公司的招聘要求，等看到招聘信息或许所有的问题都会有了答案。

很多人找不到中意的工作，或有很多人找不到合适的对象，他们往往最大的疑惑就是：我不差啊，可为什么结果却是这样的呢？

——那么请问，你是真的不差吗？

曾有一个老乡晓宇，在一个闷热的傍晚打电话约我出去喝酒。听他在电话里的口气，似乎是遇到了什么难事。

出门打车，当我见到晓宇的时候，他已经端坐在餐厅的桌前。

"你说我怎么就找不到女朋友呢？"晓宇打开一瓶啤酒，仰脖猛地灌了一口说，"过年在家的时候，我爸就扯着嗓子跟我下了最后通牒，说无论如何今年一定要带个女朋友回家，最好能马上结婚！"

"我就纳闷了，结婚又不是兜里揣着钱去超市买东西，怎么能说结就结呢？"

　　然后，他又灌了一大口酒："我也没觉得自己哪差啊，怎么介绍一个黄一个，眼看马上又要过年了，我怎么回家呢？"

　　我真不知道该怎么安慰他。

　　比较尴尬的是，作为一个异性同乡，我也是在家里大人的安排下，以相亲的形式认识了这位老乡。

　　按照我的审美来说，晓宇其实是长得比较端正的，算不上难看的那种人，但是也没有到那种令人心动的地步；个性上嘛，虽然没有什么不良的喜好，但只是热衷爬山、游泳之类很常见的活动，中规中矩，并不怎么吸引人。

　　但我不知道，其他女孩子是不是跟我有一样的想法。

　　很多时候，女生或许是比较排斥中规中矩的人，因为会觉得这样的人没有太多乐趣，跟这样的人在一起，生活想必也没有太多的热情。

　　就在我陷入沉思的片刻，晓宇很激动地感慨了一句："怎么以前从来就没觉得自己这么差呢！连一个喜欢我的姑娘都没有、都没有、都没有！"

　　然后就是一连串的唉声叹气。

　　是的，我知道你并不甘心沦为一个无用的人，不管是对于社会，还是对于家庭。

　　这个现实的社会，终会通过一些事实，让你看清自己在这个世界的位置。当遇到这样的打击，人应该做的不是陷入自责，而是尽快地调整心情，让自己去尝试一些不同的改变。

　　突然，晓宇似乎是喝得有些微醉，眼神直勾勾地盯着我问道："说说吧，你当初是哪里看不上我了？我觉得自己人挺好的呀！"

　　他这一问，我倒是有些愣住了，断断续续地回："没有没有，或许是感觉还没到吧，也或许就是没有缘分。"

看着他不接话，为避免尴尬，我只好硬着头皮继续回答："其实我们能认识也是一种缘分吧，你看这么大的城市，你不开心的时候，还是可以一个电话就把我叫出来一起喝酒。"

这回换他愣住了："怎么，你也有伤心难过的事情？"

我笑笑回说："这话说的，伤心难过的事情谁没有呢？我也只是一个普普通通奋斗在社会底层的小姑娘而已。"

"说说看，你遇到了什么伤心事。"此时此刻，晓宇倒忘记了自己的悲哀，反而对我的心事有了兴趣。

"也没什么，就是公司里的一些烦心事。"我也仰头喝了一口酒，开始跟他聊起我的故事。

本质上，我俩的困惑还是一致的。

我在现在的公司上班三年，虽然算不上是资格最老的员工，却也是一步步跟随着公司的发展一点点走到了今天。

去年的年终奖大会上，部门经理颁发优秀员工的奖项。当时我心情忐忑地一直等他口中念出那个我再熟悉不过的名字，却不曾想最后还是竹篮子打水一场空。

那天年会结束后，我很伤心，我想不明白为什么自己这几年来对待工作也算尽心尽力，就算没有功劳也有苦劳，可是表彰大会上却没有我的名字？

是的，我觉得按照我为公司付出的三年时光以及各种努力，本应完全有资格获得领导的一份认可。

是的，我一直认为自己是个不差的人，至少不是一个无用的人。

后来，待心情平静后，我开始思考一些比较深刻的问题。

记得以前我看过太多的"鸡汤文"，有的说"相信自己，你的能力超乎你的想象"；有的说"很多事并不是你不能，而是你不想"，等等，说的好像天下的事只要一个人肯干，就没有做不成的道理。

可是这些年，越来越多的社会经历让我开始认清真相——人并非是万能的，很多事就算你真的尽力了，也可能真的做不到。

比如，你能保证在有生之年靠自己的能力买上一辆兰博基尼吗？你能保证在自己努力后，跟马云坐在同张桌子上吃饭吗？你能靠自己的力量走遍全世界吗？

大多数人甚至无法靠自己的工资，在一座城市买下房子，娶妻生子。

现实就是，你能做的事情真的是少之又少。

所以，从现在开始，别去盲目相信那些虚假而夸大的激励，因为励志名句是针对所有人的，而找到只属于、适合你的，才是最重要的。

仔细想想，我来北京不仅仅是为了奋斗

想一想，我这么多年真的没有在这里奋斗过。我只是很努力地适应眼下的生活，并且尝试在最短的时间内，寻到一个合理的结果。

仔细想想，我来北京不仅仅是为了奋斗的。

当然，生活更谈不上。

这七年，我在北京的感受分为两个阶段：头三年觉得到处新鲜，充满干劲；后四年觉得压力超大，哪哪都差。

生活，似乎变得没有什么幸福可言。

我一直以为是这座一线城市的问题：交通拥堵，污染严重，房价超标，人口膨胀。直到昨天我看了"知乎"上的一篇帖子，回头仔细想想我这几年所过的生活，才明白原来这是我自己的问题。

帖子上面说，要想真正地留在北京，具体是指要在北京的生活有保障，有幸福指数，需要满足三个条件：拥有北京户口；租间大房子；住处离单位近。

我仔细想了想没有这些东西的后果，才发现——一个真正决心奋斗的人，绝不允许自己住的地方离公司太远，甚至是远。

北京的交通是出了名的拥堵。

在上班路上因交通堵塞而浪费的时间姑且不说，这中间饱含的焦虑、抓狂，通常使人崩溃甚至麻木。

光是想想，整个人精神状态就很不好了，哪还有什么精神去奋斗！

而且，既然是奋斗，就意味着你的生活质量乃至状态，是要逐年提升的。

打个比方说，刚毕业来北京的头三年是积累工作经验的阶段，薪资微薄、变动不大也属正常。如果三五年后薪水达到月入一万且始终如此，那就不是奋斗的结果了。

有的朋友在这个城市工作五年，逐渐开始走进月入一万的行列，这是好事。但想要在这里开花结果，以后几年千万不能还是这个数哦！

至少，也得月入三五万为妥——因为没有房子，你将长期依赖租房生活。随着你年龄的增长，可供奋斗的时间越来越少，更别说女性还要结婚生子，承担大部分照顾家庭的责任。

北京户口，可以对一个人的生活状态起到决定性作用。买车、买房、孩子升学等福利，不是每一个北漂的人都能享受到的。

本地人虽然也有很多生活在郊区，家里有个老房子，但他们每年享受到的福利，也不是我们能比的。

这个问题，我因为没有细究，所以暂且也没法在此一一赘述。只是刚来北京的时候，就曾见识过一个亲戚为了给孩子上北京户口，费了多少周折最终也没达成。

最后，哪怕是租房，租个大一点的房子，至少别一看就是屌丝生活的小单间。

小单间，撑死 20 来平方米，标配：一张床，一张桌子，一把凳子。好一点的带个小卫生间，可以对付下洗澡。

我知道。

没有人不喜欢阳光通透的大房子，落地窗大衣柜什么的就不说了，至少你每次逛街买回的衣服要有地放。

也别忘了，住宿环境对一个人的生活品质的影响，谁不想工作累了一天，晚上回到家能有个温馨的好梦。

然而，小单间实现不了这些。

在一个逼仄的小空间站着，躺着，趴着，你的心也是蜷缩的，放不开。

我的很多朋友给我的感觉是，来北京并非单纯为了奋斗。

去个咖啡馆，拍一张照片上传朋友圈，博得大家羡慕的眼光点个赞。

你以为你是享受到了大北京免费的好配置，花一杯咖啡的价钱，购买了高富帅的现场体验吗？

更常见的是，大家周末聚餐，或是火锅盛宴，或是西式牛排，在一片祥瑞下觥筹交错彼此安慰与麻醉，你以为这样的聚会很高大上吗？

真正奋斗的人，好像应该是踽踽独行不问前程的吧？

或许，我们这样的人，只是在北京浪掷下这段最美好的年华，日后只能带着无奈退回到三线家乡小镇，以一种自嘲者的身份安慰自己说：没事没事，你至少努力过。

可你真的努力过吗？

用现下很流行的一句话来说：你只是看上去很努力。

不是说努力就一定都会有好结果，只是真正的努力，远比你现在所做到的，多很多。

也许在那些真正奋斗的人眼里，北京并没有那么苦吧？因为他们每时每刻都在朝着梦想冲刺，忙碌只会让他们感到生活的充实。

所有的一切，也不是汪峰歌里唱的那么心酸。

《北京，北京》之所以能够引起广大朋友的共鸣，只因为在这里失败的人，毕竟更多。它好像就是唱给失败者听的歌。

但你不能说，北京残酷到从未给你机会。

真相只是，你不给自己机会。

想一想，我这么多年真的没有在这里奋斗过。我只是很努力地适应眼下的生活，并且尝试在最短的时间内，寻到一个合理的结果。

但这可能吗？

我只是随意地走走停停，最后暂时把自己寄居在了此处，任性地活着。

奋斗的人，怎么会不早起，怎会不知道自己的目标在哪里，怎会甘心随意地生活？

最后，如果你看到这篇文章，如果你也恰好在北京，那么也请你顺便想想自己来这里，究竟是为了什么。

11月初下了第一场雪，然后又下了第二场，第三场，转眼又是很大的、雪量很足的第四场。

雪景固然很美，可是上班路途遥远。受环境的影响，交通更加不便利，我甚至接连两三周都打不上车。

是的，北京是出了名的"堵城"。

在这样的天气下，早点做打算，搬到公司附近的地方租房是个明智之举。

如果真的想在北京站住脚，而不是只把时间用来对这座城市猎奇，作为年轻人，就务必要对自己的一切早早做个打算。

事实上，真正的猎奇或许只是最初的两三年，等把你的耐心耗尽，现实给你的，永远是做不完的事情，处理不完的人际关系。

而人，毕竟要靠一年一年的成长活下去。如果每年都是老样子，人会很容易怀疑自己的能力。

对于大多数没后台没北京户口的北漂来说，坚持奋斗是个好品质。

可是，要坚持也得有底气。

如果说北漂注定是一场旷日持久的战争，那么，你要懂得自己的武器是什么，并且把它牢牢地攥紧在手心。

你努力，你的爱情才有戏

要知道生活是艰难的，你之所以活得轻松，只是因为
别人替你承担了命运需要你承担的那部分责任。

前两年非常喜欢一档综艺节目，节目中正反两方学员就一个辩题进行辩论，举事例，灌"鸡汤"……用各种办法来把自己队伍的比分拉上去。

记得当时非常感兴趣的一个辩题是：漂亮女生要不要拼事业。

曾经，对于这个问题我也深深地怀疑过：不懂作为一个女生，是应该趁着年轻，早早地把自己嫁出去，还是该踏踏实实地打拼事业，将青春全部贡献给办公室。

暑假回老家，偶然遇到了我初中时的一个好朋友小美，听了她的遭遇，使我一瞬间豁然开朗。

小美高中毕业后接受家里的安排，跟同村的同龄男生结了婚。

她只有高中学历，嫁过去时对这个所谓的丈夫也没有过多了解。婚后第一年就怀孕了，此后就在家里彻底当起了家庭主妇。

如今再见，她脸色苍白，身材臃肿，早已没有了当年我印象中

的风采。我知道岁月会改变人的外貌，但她的容貌和状态还是大大超出了我的预料。

在我的一再追问下，小美终于道出原委：最近几年婆家嫌弃她没上过一天班，没挣过一分钱。现在家里要养孩子开销增加了不少，可她从生完孩子以后不但没能帮助家里一分，反而总是伸手要钱买东西，这让全家都很反感。

说着说着，我看到她的眼角隐隐有泪光闪动。

"其实，我也只是拿钱给孩子买些衣服添点家用，我自己有两年都没有置办新衣了。"小美委屈地说。

听到这里，我不免为她感到惋惜。

也开始懂得，即便是再美好的感情，也需要夫妻两人共同为这个家庭努力。

——因为，就算你的老公再包容你，也不可能真正做到像亲生父母那样一辈子把你当成掌上明珠捧在手心。

想到很久以前看过的一部电影《春光乍泄》：爱到极致，就是两个人的互相折磨。

何宝荣很浪很作，黎耀辉虽痛但很受用；

何宝荣一次次任性走掉，旁若无人地与人暧昧，感觉需要人温暖时回头；

黎耀辉一次次宽容原谅，像什么都没发生过接纳全部的他。没有他的日子，他哪都不去，只抽烟喝酒，在他们缠绵的地方专心等他回头。

可影片的最后，黎耀辉终于还是离开了。

返回香港之前，他在台北住了一个晚上，到小张所说的辽宁街上，吃了一碗他家人递来的米粉。

他没有看见小张，却忽然明白他可以开开心心在外边走来走去的原因——因为他知道自己有处地方可以回去。

对于何宝荣来说，黎耀辉就是他心中那个可以回去的地方。所以，他一次次肆无忌惮地任性出走，去外面花天酒地。

因为黎耀辉，他有一份完整的只属于自己的骄傲。他知道，不管走多远多久，他随时都能回头。

那个人会为替他报仇弄丢了好不容易才得到的工作；会抱着满脸鲜血的他心疼到皱眉头；会忙了累了一天后在爱人抱怨的时候，还努力撑起疲倦的身体为他下楼买烟；会给他做饭洗衣擦地拼命去赚钱，然后心甘情愿地把床让给他，自己跑去睡沙发。

骄傲的何宝荣被老实木讷的黎耀辉宠坏了，他从来只有索取，不懂付出。

于是，这种"离开，回来，再离开，再回来"的游戏，因为黎耀辉的无限包容跟迁就，因为何宝荣的无理取闹和不断索取，从香港一路演到阿根廷，反反复复，从未停歇。

他买来一盏很漂亮的瀑布灯，愿望是有天他们可以一起走到阿根廷的尽头，一起去看伊瓜苏大瀑布。但是他玩得太久玩得太尽兴，忽略了那盏灯早已破碎，布满了伤痕。

这一天，他玩累了，想回家了。

打电话给他们的房东，没想到那头悠悠传来的，竟是淡淡的一句："阿辉已经搬走了。"

那一刻，他的眼神失去光彩，神情无限落寞。

他一个人回到黎耀辉的住处，收拾好他买来的香烟，修好瀑布灯，擦洗好地板。然后，静静地坐在沙发上，捧起黎耀辉常盖着的那条毛毯，将头深埋进去，哭得撕心裂肺。

那一刻，他仿佛变成了一个被遗弃的孩子。

那么柔弱，令人心疼。

就像电影所给出的结局，在爱情故事里，彼此深爱的一对，大概总有一个扮演着黎耀辉，无限地包容跟付出；而另一个则扮演何宝荣，只懂得有恃无恐、变本加厉。

没有谁辜负了谁，也没有谁不珍惜谁。

只是叫做何宝荣的，本来就像是一个孩子，一个需要被疼爱和照顾的孩子。

这也不是他们各自能选择的命运。

可惜，每个爱情里的黎耀辉，无论曾多么无私，最后还是离开了他的何宝荣。

人性里，从没有无限的恩慈与包容。

所以，面对爱情，不管是男是女，都不必抱着既然对方选择了你，就该宠你到底的态度过活。要知道生活是艰难的，你之所以活得轻松，只是因为别人替你承担了命运需要你承担的那部分责任。

特别是年轻漂亮的姑娘们，不要指望嫁个金龟婿就能一辈子安枕无忧，保持经济独立，才能保持人格独立。在现代社会，没有生存能力的女人，就只配给人看不起。

难道你喜欢低三下四地跟自己的老公伸手讨钱去生活？更何况，男人也是人啊，你若真的爱他，又怎么忍心将全家的重担都压在他一个人的肩上。

所以，行动吧！

这虽然是个看脸论颜值的社会，但不肯拼搏不肯努力势必徒留一生的悔恨，因为你不会永远年轻。

那些比你厉害的人，很早就明白了自己想要什么

这世界的可爱之处就在于，它不是一成不变。每天都
有人晋升，有人被辞退，有人得意忘形，有人虚怀若谷。

苹果有多红，看见才知道。牛奶有多醇，喝了才知道。

而那些比我们厉害的人，只是很早就明白了自己真正想要的是
什么。

林白大学毕业后来到北京漂泊。

在踏入社会的第一年，为了生计，她做过餐厅服务员、保险业
务员、柜台促销员，甚至酒吧夜场歌手。

林白毕业于小城市的一所三流院校，这样的资历在人才济济的
京城实在算不上什么。

在家乡，大学毕业刚刚一个月的她，就被家人拖拽着去相亲，
这边见了王公子——相貌端正但没共同语言；那边会了李公子——
能说会道偏偏好吃懒做。

几天下来，数十场相亲大战令她头昏脑热，迫切地想找个地方
躲上一阵儿。

最初来到北京，林白带着年轻人身上都有的那种年少气盛，以及不肯轻易服输的倔强脾气。

想想以前，她在学校也是交过一两个男朋友的。只可惜大家做同窗时规划了无数好梦，一旦毕业就樯橹灰飞烟灭，梦碎的只剩下一点残渣。

说起来还是不够爱吧。

林白毕竟是女生，天生爱打扮爱逛街，可是男朋友抠抠搜搜四年来都不愿掏钱给她好好过次生日。

一想到自己也是学生，却可以为了给他买生日礼物，大夏天顶着 38℃ 高温出门做家教，林白打心眼里气不过。

她以为感情这种东西是不容易消散的，却没想到分手比出门买瓶矿泉水还容易。

那个晚上，她没有哭。只是翻着相机里两人的过去，望着那一张张曾经的照片，全神贯注地发着愣。忽然，她发现，在他那张熟悉的脸孔上，竟没有一张是露出笑容的。

第二天早上，林白拎着粉红色小皮箱，跟过去的一切挥挥手，踏上了前往京城的路。

最近，家里又在打电话问她交没交男朋友。母亲的意思是，一个女孩子终究要嫁人的，现在为了自由纵容自己，以后只能加倍受苦。

林白不是不愿意重新拥有爱情，只是 26 岁的她没天真到以为得到爱情就能得到幸福——无非就是生病时的一杯水、一粒药，孤独时的一个电话、一句问候。

当然，她也有很多个备感孤寂的夜晚和不愿起床上班的清晨，可是一想到未来全部押在自己身上，她又丝毫不敢松懈，甚至会对自己更加严格。

她开始每天很努力地上班，有时为了加快工作进度，甚至会主动要求加班。不是为了钱，是为朝着最初想要成为的那个自己前进。

下班后，疯狂的自学时间到了。

拿起考过四级后就丢弃的英语；因为想要把图片做得漂亮点就去学了 PS；因为想要把策划方案写得更顺眼，就练起了 PPT。

这样的日子持续了将近一年，经过 300 多个日日夜夜，林白彻底成长了。

如今她依旧没有男朋友，工作上也时有困惑，但却不再像以前那样轻易陷入迷惘。因为林白的工作态度和能力，公司破格升她做了部门经理。

这世界的可爱之处就在于，它不是一成不变。每天都有人晋升，有人被辞退，有人得意忘形，有人虚怀若谷。

而步入职场的人，几乎没有谁不羡慕同龄人那些醒目扎眼，印在各类名片上的诸如部门经理、部门总监的高级职称。

如果你现在已经明了自己这辈子想要什么，那么恭喜你。

如果没有，就抽个时间想想清楚。

你想做撰稿人就只管认真码字读书，你想云游四方就只管上路出发。终有一天你会明白，你才是一切问题的答案。

第五章

<u>许下的心愿，再难也要一个一个实现</u>

当时我以为毕业后，自己就像是终于飞出牢笼的小鸟，一定可以朝着大海的方向，实现走遍全国各地的梦想。

可是毕业到现在，七年的时光过去，我却从未踏出这座城市一步。

成都，大理，西塘，那些一个个曾在我心中烙下痕迹的名字，如今依然倔强而孤单地矗立在我的心头。

生命就是用来浪费的

很多问题并非靠换个环境或者换份工作就能解决，但只要你选择改变，就一定会发现生活有一种全新的可能。

冬季来临，马上又将迎来我的生日。

时光真如白马一样从眼前飞过，回首20岁的生日似乎还在昨日，今天一眨眼，我却已将近而立之年。

上个月，我跟大学同学一起商量着，终于在这一年中最为寒冷的季节里，将住处改换成一个全新的模样。

虽然目前这一带的公寓只是看上去有些干净，再无其他别的特色，但却已经是我跟同学目前所能负担的最好的房子了。

搬离的上一个"家"，是我来到这座城市的第一个安命之所：很破败的村落，走在大街上，你随时能发现多处彰显农村生活气息的景象。

记得以前，我母亲总是很好奇北京的样子，她觉得大都市哪怕边边角角都有乡下所不能企及的繁华。

我不止一次打电话笑着回她："不是绝对的，不过就是比咱村里大一些，论干净程度有些地方倒还比不上呢。"

奈何母亲始终不肯相信，于是我只好拍照片传过去。

说起来，我的这位大学同学是今年开春才来的北京。一个 28 岁，如此高龄的人加入"北漂"，最初也使我感到诧异。

至少，很多人在这个年龄段都尝过了漂泊的滋味，部分人都已经决定走向返程。

然而，这家伙我也是了解的。在大学的时候，就一直喜欢折腾。

那时候，我们宿舍的八个女生中有七个是乖乖女，日常行程是完全跟着课程表走的，每天要上什么课，需要完成什么作业等，特别听教授的话。

可是这小妮子，却偏偏不肯如此。

她总在我们上课的时候一头扎进图书馆，翻看各种古今中外的名著；会在我们学习体操的时候，一觉睡到太阳晒屁股，有时到我们中午打饭回寝室都还没掀被起床。

每当我们对她的行为有所异议，小妮子就用一种万分笃定的语气教育我们说："过去 12 年题海战术你们还没玩够么？现在大学都上了，为什么不让自己活得自在一些？人生，原本就是用来浪费的嘛！"

此话一出，我们七人面面相觑，全都不以为然。

于是，四年的光景下来，最终只有小妮子一个人参加了多达八门课程的补考，我们几个人则全都以满意的成绩顺利毕业，甚至个别人还拿到了学校设立的奖学金。

然而，小妮子觉得这些毫无意义。

毕业之后，我们就天各一方，基本不再有任何联系。

我因为一些家庭的原因，没有选择在小城镇就业，而是背着行囊带了几百块钱来到北京。

这也是严格意义上的，我第一次离家出远门。

这几年的辛酸或许只有自己才懂得吧，然而活在这里，却也能清醒地感受到生命的延续，因为每一天都是那么富有生机。

小妮子的到来，使我觉得惊喜却并不惊讶。

但我还是质问她：“为何不好好在家乡过‘安享晚年’的日子，却突然想要闯荡北京？”

小妮子说，家里人一听说她要做北漂，全部都投了反对票，母亲甚至还曾以“断绝母女关系”作为要挟。

我大概懂得这其中的缘由——毕竟一个姑娘家的，二十七八岁的光景，在小山村里早已算是晚婚的行列，她的父母想必也想早点了却这一桩心事。

然而人在眼前多少还好控制一些，这一走，远在千里之外，任凭怎样都拿她没辙了。

所谓“天高皇帝远”，我的事我说了算。

还有一些老邻居、老朋友为她感到不值，说在家乡凭靠其父辈的人脉关系，完全能够帮她找到个好工作。

家里再给介绍个“门当户对”的有为青年，过两年要一个大胖小子，人生所有可得而应得的，不是都齐全了吗？

但是她偏偏就不喜欢这种被安排、被贴上标签的人生。

像那时候读书，小妮子说：“努力学习参加高考只是为了考上一所好大学，因为在今天的社会，找工作还是需要一份漂亮的简历。但是进入大学，根本不是继续循规蹈矩背书的年代了，正确的模式是开发自己的潜能，早日认清自己的兴趣。”

说到这里，她忽然问我：“记得你那篇毕业论文是如何通过的吗？"

我这才运行大脑，陷入思考。突然间灵光一现，我想起来了。

记得当时，我要写一篇关于《黑泽明与世界电影演绎》的论文。说起来，大学时期我也确实很迷恋黑泽明和他的电影，但是写分析的文章就完全不在行了。

多亏小妮子的及时出现，帮我提供了三本非常能满足我写作需求的电影书籍，才让我化险为夷，顺利地渡过难关。

"这么说，你来北京是奔着影视行业了。"

"没错。"小妮子斩钉截铁地回答我。

是的，如果不是全宿舍备战论文这件事，我们或许永远都不会知道，小妮子的电影理论知识以及对这个行业的了解程度，已然如此的丰富，以至令人折服。

不出所料，很快，小妮子就找到了一份相对满意的工作。

令我咋舌的是，她的工作起点竟然也很高，是在国内某家知名影视公司里负责影视策划。

我很惊讶她是怎么得到这份工作的。

然后，在接下来的10分钟内，我得到了一个不可思议的答案——她竟然把公司的面试题全部背了下来，并且针对那些很考验个人对影视行业看法的问题，回答得合情合理，有理有据。

这真的令我刮目相看了。

这时候，我才想起，同样是大学四年看似精彩的时光，我们只收获了一张名牌大学的毕业证，而小妮子却收获了一份社会实践与理论完美结合的美好旅程。

我也是第一次有些信服，这句"生命就是用来浪费的"人生信条。

把时间浪费在自己的兴趣上。

　　写作，看电影，种植茶花，也许将来你不一定靠它养家糊口光宗耀祖，却代表着你正与实实在在的自己相处着，欢喜着，享受着生命中的每一天。

　　"所以你看，我这样的人才，是不是该早点加入北漂的队伍哇？"小妮子在对面笑着说。

　　听完她的故事，我也不禁想到自己。

　　这么多年来循规蹈矩，学生时代守着一堆的"学生准则"过日子，除了一张优秀的成绩单，再也拿不出半点特色，我甚至不清楚自己心里喜欢什么。

　　而最最不能让我忍受的，则是我结婚对象的标准也早被家里人秘密商定：一定要个子高，能力强，最好家里还有个当官或经商的家长……

　　说起来，爱情哪有什么固定的模样，说不定到最后，我们嫁的人根本不是想象中的样子。

　　是的，这样的生活太平淡无奇了。

　　虽然我也不能任性到随时撇下工作来一场说走就走的旅行，可是像这样原地"等死"枯燥至极的生活，过到了如今也未免有些"过分"。

　　记得大学时期我非常喜欢弹琴，却因为要考个好成绩，放弃了周末去琴行练琴的机会。不然，没准我现在该是一名琴行的老师。

　　又想起最初工作的两年里，我非常想购置一个书架放在房间里。可是考虑到这样做需要置换一间面积稍大的房间，而租房成本就变得不可控，也只好默默地放弃……

　　时间久了，竟然发现堆积了这么多想做但却没完成的事。

　　人生不能重来，后悔也是无用。

所以，我这前 29 年活得战战兢兢，如履薄冰。虽然安全，却丝毫没有特色。

再对比下身旁的小妮子，虽然是参加了补考才最终拿到了毕业证，却积攒下了我再努力三年也未必能赶超的知识架构，以及帮自己度过了一个完全不必追悔的、非常享受的大学时光。

虽然我很清楚，很多问题并非靠换个环境或者换份工作就能解决，但只要你选择改变，就一定会发现生活有一种全新的可能。

相比之前老气横秋的生活，我想小妮子的到来，也即将开启我完全崭新的生命。

看着此时正坐在床头吃着烤红薯，看着大电影的她的背影，我默默地想着："来吧，就让我们一起把生命浪费到极致！"

题外语：如果你还在读大学，这篇文章并不是"诱导"你别去好好上课、读书、参加考试，我真正想要表达的是：念书之外，也该有个"享受"的大学生活，积极发展自己的爱好、兴趣，德智体美全优。

至少要让那段时光，变得不悔。

如果结局已注定，我选择早一点做人生的主角

所以，每个人都要把自己真正喜欢的事情做到极致。

人生来就活这一回，要做就做自己的人生主角！

现在是一个流行讲故事的年代，似乎人人都有一段荡气回肠、引人入胜的好故事可以诉说。

在豆瓣上看到的文章，几乎都有着千篇一律的开头——总有人问，为什么来北京？为什么要选择进入如今日薄西山的出版行业……诸如此类的帖子。

我就纳闷了。

这座城市不是号称生活节奏快吗？不是每个人都很忙吗？为什么会有人不断地问作者，为什么这样为什么那样，以及如此多的为什么。

然而，我也生活在这座城市，我也是一个名副其实的北漂，可怎么却从来没有人问过我这些。

现在的年轻人，离开家乡去奋斗只需要一个理由——我不想就此庸碌地度过平凡的一生。那么你来北京之前，真的想清楚愿意为

此付出一些代价了吗？

表姐月华，大学毕业后就来到了北京。

在双脚踏上这座城市第一寸土地的那一刻，她就被满眼的霓虹所迷住了。那时，她就在心里告诉自己："不管用尽什么办法，我一定要留在这里，一定！"

月华的第一份工作起点很高，是在国内一家知名的广告公司做前台。公司的规模也比较可观，每天出出进进的，都是以前只能在电视上看到的明星人物。

最初的两个月，每天好吃的下午茶以及非常火热的工作氛围，使月华觉得自己很有价值，也很有面子。

每次跟一些同在北京奋斗的老乡联系，她总是非常骄傲地自报家门，说出那个令她感到无上荣光的公司大名。

可是久而久之，月华却有些不满足了。

虽说公司在某一年取得了很好的业绩，可是这跟她的工作又有什么关系呢？她只是一个负责接收、发送传真的"打杂妹"，最多是在老总助理请假的时候，去到老总的办公室为他递上一杯热咖啡……

再看看公司其他职位的同事，要么是策划人员做得一手好PPT，要么是公关人员总能挺身而出使公司化险为夷，她的工作又有几斤几两呢（这里并不是歧视做人事工作，而是相对比来说）？

这样想着，月华不再为自己是公司的一员而感到满足、开心，她私心想着，或者可以调职做些文案策划之类的工作。

她试着跟人事部门进行申请，可是等了两天，仍然没能得到回应。她小心翼翼地催促着对方，最终也只得到这样的回答："公司内部调职需要部门主管和老总共同签字。"

月华觉得，如果真的可以成功调职，给几位领导送礼或者请吃饭也是可以接受的事。偏偏，隔天又听说公司最近打算从外面招聘一些新鲜血液，内部调职的事也就没有那么好办了。

这下可彻底让月华为了难。

看看眼前，她之所以能做前台，是因为暂时还算比较年轻，拥有一副光洁姣好的脸蛋。倘若再过两三年，总会有新一批的毕业新生加入求职浪潮，难道她就这样做前台做到被迫下岗吗？

她不甘心。

于是，在一个风和日丽的午后，月华向公司提交了辞职申请。

老总表示很惋惜，告诉她过了这段时间，年底会计划从内部提拔一些人员上去。而她，就在命定的范围内。

听到这句话，月华不由得大吃一惊，对此刻的行为后悔不已。然而悔之已晚，老总已经在辞职申请上面签了字。

接下来的五年，月华竟始终再没有这样的好运气。虽然也曾面试过几个规模相当的大公司，却总因为各种的原因，未能得到录用。

渐渐地，她开始心灰意冷，最后竟然彻底放弃了在北京工作的念头，回到老家去了。

后来，每当我由北京回家，经过月华所生活的城市，都会给她打上一通电话。

这是她特别交代的，她想从我这里知道有关北京最新的消息。

是的，虽然这个地方已经成为月华梦想破灭的伤心地，可是在她心里，却始终未能放下，甚至是变成了一个沉痛的心结，不知何时才能解开。

看表姐这样痛苦，我劝说她："既然已经选择了循规蹈矩的生活，不如干脆稳稳当当地过日子。"

可月华并不愿意，总是很惆怅地悔恨当初，一遍遍埋怨自己不该那么沉不住气，要不然现在就是那个公司的人事或行政经理，这样或许就能把命运交给自己，说不定都已经在北京买房买车，过起幸福的生活了。

我无力评价表姐这种想法是不是有些痴人说梦。但看她的样子，确实还在为曾经的过失而惋惜，这让我觉得无奈极了。

既然过去的已经把握不住了，为什么要把现在美好的一切，也断送在对昔日生活的无尽哀叹中呢？

我倒希望表姐能早日振作起来，与其腹背受敌，觉得生活是如此不如意，还不如早点看清方向，做自己未来人生的主人。

同样是关于放弃与选择的故事，我的一个小师妹，却为自己的人生交出了一份相对完美的答卷。

小师妹在大学里阴差阳错地进入到体育专业，四年的体育生涯，使她虽然在课堂知识部分有所欠缺，却塑造了比较强健的身体。

而她也在尽一切努力，利用零散的时间里阅读，写字，过了一段相当充实称心的大学时光。

毕业后，小师妹选择北上闯荡。父亲很清楚女儿固执的脾气，一旦做出的决定一定会坚持到底，为此也就没有多加阻拦。

小师妹自知踏入社会以后，她将不再被温暖的家庭牢牢保护，所有的事情都只能依靠自己。

虽然，她并不喜欢做个体育生，可是接触和学习体育的时间，却教会她两个重要的道理：

第一，如果你喜欢一项工作，就要主动去努力，去坚持。

凡事只要坚持，再遥远的事情也都会变得有眉目，再难的东西也有机会学到手；

第二，必须承认，很多行业是需要讲天赋的。

有些事情，假如你只是一般的资质，那么不管努力多久，怎样努力，或许永远没办法比有天赋又勤奋的人做得好。但你一定要学着去突破自己，至少在事情得出结果之前，先别急着否定自己。

所以，在她启程的那天晚上，就把一切都想清楚了。

到北京以后，小师妹果然没能一下子就找到真正心仪的工作，但她从最简单的文字编辑开始，一点点地积累，一点点地学习。

最初，小师妹在各大网站写长篇小说，纵然非常辛苦地坚持着日更五千字，只换回寥寥无几的点击率，却也令她感到踏实。

后来，小师妹在豆瓣小组认识了一群爱好写作的人，她们成为很好的朋友。大家相互鼓励，共同努力，这也为她孤军奋战的日子平添了许多色彩。

后来，也不知道是在哪天，竟然有位出版社的编辑主动联系到小师妹，想要签约出一本书。

小师妹兴奋极了。在写作的过程中，不断地找各种理由"叨扰"这位编辑，向她打听一切有关出版行业的事情。

努力了半年之久，小师妹的新书终于出版了。

又过了两年，小师妹顺利地跳槽到国内一家知名的出版公司，谋到了一份策划编辑的岗位。

事情到这里，似乎一切都在朝着想要的方向发展着，而前方也愈见明朗。

回头再看看最初来北京的头半年，那些旁人听起来会觉得有些不可思议的生活，似乎并没有多少"浓墨重彩"值得书写。

虽然此前也看过关于别人的北漂经历，却也无非是没有钱，只能住相对封闭的地下室，空气流通不畅，甚至偶尔还会捉襟见肘，以至流落街头。

生活充满了艰辛，但往前看一看，永远不止你一人在经受这样的炼狱，甚至有人还没有遇到锤炼自己的机会呢。

所以，当时的小师妹，也觉得自己是幸运的。

父亲当时只给了她4000块钱，交完房租，买完必需的生活用品，卡里几乎没有多余的存款。而她虽然找到了工作，却暂时要靠仅剩的1000多块钱度过没有工资的第一个月。

是的，在这场人生的战役上，这位相对年轻的小师妹，真正做了她人生的主角。

对于她来说，我相信也确有过比较难熬的岁月，比如独自生活在这座城市时，随处可见的孤独；每天一个人出门，一个人回家，连受了委屈也只能哭给自己听。

然而，有哪一件事情不是先苦后甜，甚至你付出一场，到头来终究一无所有。但起码这个过程，是真真切切属于你自己的。

我的一个同事说："做人千万别怕，你一示弱，握在手里的也会变成别人的。"

所以，每个人都要把自己真正喜欢的事情做到极致。人生来就活这一回，要做就做自己的人生主角！

请对得起人生的每一次课堂

进入社会以后，我们每个"第一次"也都算是在重新接受教育啊！我要好好学习，争取早点毕业。

今天，我从朋友甜甜的口中听说了一件十分不可思议的事。

一大早，甜甜打电话跟我说，这次"十一"她跟男朋友一起回她的老家，不料在火车站候车的时候，男朋友的手机和钱包竟让人全都偷走了！

最最糟糕的是，当她确认这一切的时候，火车已经载着他们离开车站好久了。

甜甜哭哭啼啼地跟我还原着这场事故。

没想到，这件事情发生没几天后的一个周末，甜甜却再次打来电话要求跟我见面，说有很重要的事情跟我说。

没办法。

虽然我当下正打算好好睡上一觉，但谁叫我的这位女性朋友，从小到大凡是遇见问题，都喜欢找我倾诉呢。

罢了，权当是为人民群众做善事吧。

到了约定的地方一见面，甜甜火急火燎地告诉我说，前几天还骂男朋友脑袋漏电，昨天她自已反而缺心眼了。

这是怎么回事？我好奇地望着甜甜。

十几分钟后，我通过甜甜声泪俱下的"表演"，才算摸清了事情的来龙去脉。

原来，甜甜老家来了一个亲戚，她在北京站接到亲戚以后，为了图省事没有在候车处排队，而是沿着一条墙壁刷着"打车请从此路走"的小路走了进去。

甜甜跟亲戚两个人刚走过去，就被迎面走过来一个斜挎着黑包的胖子一下拦住了去路。亲戚有些不明所以地看着甜甜，甜甜也有些不明所以地看着正前方的胖子。

这时候，胖子开口说话了："您两位是去哪里啊？"

甜甜以为是出租车司机，就回答了一句："去酒仙桥。"那胖子掐指一算，说道："那您给40块钱吧，马上就能上车。"

甜甜也没有任何考虑，随手打开钱包掏出钱递到对方手里。交完了钱，她这才想起来问："师傅，你的车是哪一辆？"

胖子漫不经心地回答一句："啊，我给你找一辆。"

此时甜甜仍然没有察觉到，自己已然上当了，因为胖子对她的称呼，从一开始的"您"变成了现在的"你"。

只见胖子大摇大摆地走到一辆出租车面前，对坐在里面的司机说："这俩人要去酒仙桥，您受累给捎带上吧。"

而司机并不回应，只是好奇地盯着他。胖子走过来对她俩人说："你们去那边吧，我已经跟司机师傅交代好了。"

她们俩就很单纯地走过去。却不曾想，刚站定脚，出租车里的司机就大喊起来："哎，刚才那胖子谁啊，他来我这说些莫名其妙的话干什么？"

这一喊可把她们喊糊涂了，甜甜一脸疑惑地追问："怎么，那位师傅不是您的朋友吗？他说已经帮我们交代好了。"

司机急眼了："什么交代，那人我压根就不认识。"

"可是我们已经给他钱了啊，这车就该给我们上。"甜甜说着就要拉车门。

"要上车你找他去说吧。我的车，拉你们还得收钱，到地了该给多少就是多少。"说着，司机师傅就要踩油门冲出去。

甜甜很气愤，跑到胖子跟前说："出租车司机说不认识你，你骗我们的钱！"

可是胖子竟然像什么事都没发生一样，慵懒地嗑着瓜子说："反正车我给你找了，上不上你们自己看着办吧。"

这时候，因为他们在路口起了争执，导致后方的交通堵塞，很多车不停地按着喇叭，噪音简直要把她的脑袋吵炸了。

无奈，甜甜跟亲戚只好上了这位司机的车。

在路上长达半个小时的时间里，甜甜不停地跟司机抱怨北京的骗子怎么如此张狂，光天化日之下就敢出来行骗，以及现在的警察难道都不管吗？

没想到的是，趁着她歇嘴的空当，一直沉默的司机师傅张口说："姑娘啊，你咋不说自己没多长个心眼。我看你也不小了，这出门在外的，敢情你是第一次来北京吗？"

这一句话把甜甜说得哑口无言了。

是啊，千错万错，就怪自己在外面太容易相信别人，太没心眼了。老话怎么说的："防人之心不可无"，她今天也算是真正地上了一课。

想到前些天还曾因为男朋友丢手机和钱包的事情，狠狠地嘲笑过他一番，因果报应，同样的厄运这么快就降临到了她的身上。

"现在跟你说完这些，我轻松多了。"话锋一转，甜甜的脸上多云转晴了。

"想开了就好，社会才是最大的课堂啊，上课学东西本来就是要交学费的嘛，下次注意就好了。"我也只好笑笑安慰说。

朋友的故事暂时结束了，可是我的生活故事还在延续。

回家之后我忽然想到，之前的一个同事美萍，因为当了母亲，执意辞职要做家庭主妇。

美萍认为：既然自己都能扛过公司无数次加班，辛辛苦苦奋斗两年熬到一个部门主管，那么待在家里照顾小孩岂非一件更容易的事？

半年过去，我许久没有得到这位同事的消息。

于是，我在某天主动打电话过去问候。谁知道听筒那边传来的，却是一声高过一声无奈的哀怨，美萍说早知道带孩子这么麻烦，真不应该班门弄斧说出当初那种好笑的话！

原来，陪着宝宝生活了一个月，美萍才明白当一个新手妈妈需要多大的勇气和毅力——带孩子实在是这个世界上最磨人的事情，没有之一！

现在的她总喜欢开玩笑说："带过孩子的妈妈，能胜任这世上所有的难题。"这半年多的光景，她每天睡眠的时间少之又少，一睁开眼睛就得不停地围着孩子转悠，换尿布，冲奶，为宝宝洗澡，做饭，打扫卫生……

这些看似简单的问题，是一个新手妈妈每天都要不断重复的繁琐日常之事。

特别是面对一个婴儿，妈妈们一定要有足够的耐心——

小孩子可不懂得大人的心情，不会看你饿了就等你吃饭，看你困了就自己变乖，让你睡个满足的午觉。甚至在夜晚，你也不敢真的睡着，因为他们随时都会有"小动作"发生。

时间又过了半个月，有天得空我临时决定去美萍家坐坐，顺便看看已经半岁多的小朋友。

我以为等下见到的美萍，自然又会是那种怨妇一样的姿态。没想到开门的一刹那，我差点没有反应过来。

只见美萍家从客厅到卧房全部打扫得干净整洁，她本人看上去也是神采奕奕，丝毫没有半个月前的那种慌乱和憔悴。

当我们坐在客厅聊天的时候，美萍跟我分享自己这半年来为人母的人生经验。现在，她已经能以平稳的心态对待每天的生活，对宝宝也有了更多的了解，可以合理地安排和照顾宝贝的生活起居了。

甚至，每天她还能抽出一段时间独享，做一些自己感兴趣的事。

喝了一口眼前热乎乎的奶茶，美萍也从心底发出一声热乎乎的感慨："进入社会以后，我们每个'第一次'也都算是在重新接受教育啊！我要好好学习，争取早点毕业。"

望着美萍一脸幸福的模样，我陡生艳羡，却在心底说着，也就是这样温柔与温暖的女子，能够在事物不断的变迁中有所获得。

一个热爱生活的人，哪怕她曾经被某些坏人欺骗，只要她肯吸取教训，仍然抱着感激的心去积极面对生活，生活也终将会反过来热情拥抱她的！

那些不动声响就把事情做了的人

我承认，想拥有什么就要先创造能够拥有它的条件，这样的道理虽简单，却深刻。

最近刚刚结束的金马奖，侯孝贤导演凭借《聂隐娘》拿到了最佳影片、最佳导演奖。

然而对比台上两位颁奖人非常热烈的语调和动作，侯孝贤全程的表现是，淡定。

他上台领奖，对同仁们说出了这样的一番话："拍电影这么久，只有一个念头：心甘情愿。拍电影是我的工作，是我的梦想，也是我一辈子做不完的。我今年已经68岁了，但是我想还可以再拼个10年吧。"

光是这番话，就很燃。

望着他那张平静的脸，再听着这番热到骨头里的发言，我顿时对侯孝贤导演充满了敬佩之情。

一位已经68岁的老人，尚且有这样的热情面对自己热爱的工作，再想想我因为加班太多而常常抱怨，真是自惭形秽。

之前，也是在很巧合的一个机缘下，参加某个出版公司在微信后台分享的活动，竟很意外地得到了一本《行云纪》。

这本书是电影《聂隐娘》的其中一个编剧写的，非常详细地记录了电影的拍摄过程，突出了侯孝贤导演对电影工作的种种认真、投入。

图书装帧精美，我花了两个周末的时间完完整整、从头到尾品读了一遍。

之前在网上只是简单地了解到，侯孝贤导演为拍摄这部作品"任性"到极点：他等风，等云，等故事。这本书正详细地记录了所有这一切。

是的，相比于很多人在年前立誓未来一年要怎样怎样的行为，侯孝贤的确是一声不响就把所有想做的事做完了。

这种人，让人从心底敬佩，无法不去喜欢。

记得我的一个女性朋友，在每次吃完快餐时总是发誓："哎呀，我怎么一不小心又吃了这么多，减肥减肥，我一定要做个瘦瘦的美女子！"

可是呢，过了两个月，待我们再次相见，她还是按照习惯去点快餐，然后把同样的话语重复一遍。

包括我自己，在城市里待久了，就会对这里的环境（空气、水、交通、房价等）心生抱怨，渐渐变成一个负能量爆棚而不自知的人。

只有每次回到家乡的农村，看着母亲因操劳而日渐消瘦的身体，满头的白发，我才能感受到自己为人子女的责任。

回到城市以后，我会信誓旦旦地在日记本里写上：今年一定要努力，好好工作，改变我和家人的生活！

但这种"刺激"往往最多也就持续一个月，渐渐地，我又被周遭的环境所同化，整天活在怨言中了。

是的，我是一个几乎没有自控能力的人，也常将喜怒形于色当作是一种纯真、不虚伪，但我真的非常敬佩那些不动声色就把事情完成的人。

我的另一个朋友童童，虽然我们同在北京打拼，可是各自的工作都很忙碌，放假的时候也通常各有安排，除非特别约见，否则很难在这座繁华的城市见上一面。

某天，童童约我见面。仔细想想，时光快如闪电，我们快有两年没有见面了。

虽然我爱看电影，爱读书，没事喜欢在朋友圈发张自拍矫情一下，可我的这位朋友，却朴素得令人"发指"——第一次在她面前惊吓地张大了嘴巴，乃至差点把下巴惊掉，是因为她告诉我说，她不玩微信和微博。

然而没想到，童童马上给我带来了第二次非同凡响的震撼。

可能因为近视的原因，我站在约定的地方等她，迟迟不见童童的踪影，于是就拨通她的电话，"嘟嘟"响了两声之后，却被对方挂掉了。

正在纳闷是怎么一回事，一转身差点跌进一个人的怀里。

这才发现，对面不知何时站了一个身材高挑打扮时尚的姑娘，而她此时正冲我微笑。

待我仔细看去，发现正是我的那位好朋友。

"哎呀，你真是女大十八变啊，受什么刺激了，变得这么会打扮！"我忍不住惊叹道。

"也没有，就是寻常的打扮。"童童淡淡一笑。

我们随意找了家餐厅坐下，由于太久没见内心竟还有些激动，我开始连珠炮似的追问她的一切。

"就是某天醒来，我觉得该给自己换个跟得上时代的模样了，就是这样。"童童很简单地回答我。

"那怎么也不见你发消息啊！现在不是很流行做一件事之前，要发很多毒誓吗？"我故意笑着问她。

谁料童童却不客气地回答："发那干啥，事情是做来的，又不是给别人说着听的。再说你做了别人自然会看到，不用发。"

然后，我们就聊起了最近两年各自的变化。

我才发现，童童不单单是外表有了很大改变，就连对事物的看法，也开始变得理性、成熟。

以前，童童几乎跟我一样，是个对生活没有太多信心的女生，在生活中遇到困难也时常爱发几句感慨。

可是现在，对于一些暂时不明朗的事情，她会站在另外的角度上去看待，于是看到事情好的一面。

童童这一系列的变化使我感到惊讶，也让我感慨一个人在时光雕刻下的蜕变——这两年，她不但考了驾照，业余还报了视觉设计班，甚至把大学毕业后丢下的英语也全部都捡了回来。

最骄傲的事情是，她现在能以一口流利的外语跟外国朋友交流，全程竟然毫无压力。

这样的惊喜使她自己看到了努力改变带来的好处，于是更加不动声色地开始做起那些她想做还没做的事情。

我承认，想拥有什么就要先创造能够拥有它的条件，这样的道理虽简单，却深刻。

可是大部分时间，我们中的大部分人，都没有做到这些。

或许因为我们不够有毅力，或许因为我们都太爱享受现在，于是就在时光的洪流中，彻底地丢失了那个原本可以更好的自己。

听童童说完这些经历，我开始思考自己这两年的变化——

悲哀地发现，在每个年初我拥有无尽的能量，许下了很多的宏愿，但到年终收获的，除了自己在朋友圈发了一大堆的感慨，再也没有其他。

而时光就这么流逝了。

两年前，我们似乎还站在同一个起点。

两年后，我却感觉距离对方好远。

而这一切只因为，她默默地做了一切可以努力的事，我则把时光溺死在食物里，感慨里，甚至对生活的埋怨里。

诸如我的其他朋友们，好久不联系，一打电话问候，某某最近买了辆车；某某最近搬进了新购买的房子；某某去年学了一门新技能；某某出国旅游了……

每次我也会感到惊讶："哇塞，你小子够能耐的啊！"然后，挂掉电话就开始羡慕人家无比丰盛美满的生活。

但冷静下来想想，他们走到今天也并非一蹴而就，而是靠着自己的双手和毅力，一点一滴逐渐实现的。

而我，可能骨子里有一种懒惰，不想播种，就想收获。

最近的一个例子，是我旁边的同事。

这个圣诞节，她们一家三口要去日本旅行。

去年她曾完成了东南亚某地区的旅行体验，而现在，我得到这个消息的时候，她已经提前一个月准备好出国需要的签证和其他所有文件了。

在我惊叹自己连去个成都重庆都不成时，她却不动声响地要飞去另外一个国度……

夜深人静的时候，周围宁静的似乎只剩呼吸。

我简单地梳理着自己有些"悲惨简陋"的人生，忽而想起大学毕业时写在墙上的伟大心愿。

当时我以为毕业后，自己就像是终于飞出牢笼的小鸟，一定可以朝着大海的方向，实现走遍全国各地的梦想。

可是毕业到现在，七年的时光过去，我却从未踏出这座城市一步。成都，大理，西塘，那些一个个曾在我心中烙下痕迹的名字，如今依然倔强而孤单地矗立在我的心头。

是的，我没有让自己真正为靠近它们而努力过一天。

我很惭愧，我妈常教育我说做事情不能"雷声大雨点小"，"一阵风，一阵雨"，她要我做事脚踏实地，沉重稳健，可是我不听。

于是到今天，朋友们或多或少地实现了自己的目标，而我除了拥有跟他们一样的年纪，再也没有可以拿出手的东西。

从现在开始，我要做一个不动声色的成年人——我要攒钱，把想看的风景一一走遍；要写书，把喜欢的人物统统写遍；要上进，把喜欢做的工作做到极致。

时光不该被这样无情地浪费掉！

和谁在一起，决定了你将过怎样的生活

人，有时总要对自己狠一点，否则，世界狠起来，可没有你后悔的余地。

前几天在网络上看到了一篇《找一个视野开阔的人谈恋爱》的文章，我一个劲地惋惜着，太晚了。

其实，说起来也没有多晚，只是当时我身边交往的那个男朋友，正好就是文章里提到的那个视野不太开阔的男青年。

他没别的嗜好，每天下班回来最大的乐趣，就是一头扎进电脑里打游戏。

或许是游戏里的某种身份，给了他在现实中永远无法获得的满足感。在游戏里，他可以短暂地化身为神，掌控着花开花落，万物生死。

可是在现实里，他只是这座城市里某个小公司的某个基层小员工，连小组长、区域主管助理这类的小头目都算不上。

作为同样不太成功的人，我完全能理解他所遭受的苦闷与折磨，但是我永远理解不了，一种纯粹浪费时间的游戏，怎么会比看场电影或读本书，来得更让人欢喜？

我是个在周末也闲不住，非常喜欢外出活动的人。就算外面的天气不好，阴沉沉的，我也喜欢到路边走一走，看看这个世界以及他人的生活。

偶尔，我喜欢到住所旁的公园里散步，坐在长椅上望着对面的一些风景。

每个季节，它的景色都如此不同。到了傍晚，闪烁的霓虹从半空倾泻而下，将半个公园映照得美丽无常。

但我着实不懂为何他不欣赏如此优美的景色，却总喜欢宅在家里，把全部的时间奉献给一个虚拟的世界。

时常，我们还会因为各自的生活习惯不同，打扰到彼此的休息而争吵不休。

他常常打游戏到过半夜，而我为了保证自己能在第二天精神地上班，必须在 11 点之前准时入眠。

可是他打游戏时常发出的叫喊声、加油声以及各种无法用言语形容的嘈杂声，总是不客气地影响我的睡眠质量。

为此，我常常要忍着困意跟他争吵，有时候能胜利，更多的时候是失败。

失败了，只能把被子拉在头上，用双手拼命地捂住耳朵。气极了的时候，也会暗暗在被子里抽泣。

不夸张地说，那个时候我真的感觉世界末日就要来了。

但是这样的境况，并没有随着我对他的好有所改变，甚至好几次他都变本加厉。

最严重的几次，他甚至因为嫌我妨碍到了他的娱乐消遣凶巴巴地训斥我。

但庆幸的是，也是从那次开始，我终于看清了身边这个男人的真实面目。

我承认，当初在一起是因为相爱，可是现在，却也到了不得不分手的境地。

一个人的生活纵然有些孤独，可至少自由——

我再也不必在想要睡觉时，为身边各种嘈杂的声音而烦恼；周末，我可以一个人到附近的超市逛逛，买菜，为自己做上一顿丰盛的饭。

渐渐地，我发现，身边少了一个不合适的人，生活反而变得更加多彩，也更有味道起来。

而我的一个朋友小云，她的情况却与我正好相反。

小云原本是个不爱打扮甚至有些邋遢的姑娘，却因为意外交到了一个时尚的男朋友，也变得热衷潮流起来。

以前看电影，我记得有句经典台词是："一个更好的爱人，能让你看到全世界。"

也是在遇到她的这位男朋友后，小云爱上了旅行，朋友圈动辄就是他们两人手牵手去各个地方拍摄的美景；

小云也爱上了美食，从晒出的那些美味食物的图片来看，都是色相品兼具，直让我怀疑她还是不是之前那个连煮方便面都很失败的女生；

小云还爱上了做手工，家里的一些小物件都是她自己亲手所做，简单又不失温馨。

当时，我真有种从她身上重新打开了一个世界的感悟。

此时此刻，我开始怀念那个曾因与我"道不同，志不同"，最终选择结束两年友谊彻底做回彼此生命里陌路人的男朋友。

　　记得我们在一起时总会发生争吵，而我在性格上又过于懒散，总是不想改变，当时就肤浅地以为我们是没缘分做朋友了。

　　或许当时因为太在乎这个朋友，但又觉得相处起来是那么的不合适。现在想来，他正是我改变自己的一个契机，一种独特的提醒方式，因为那些我不习惯的，正是我迫切需要去改变的。

　　随着人生的道路越走越长，我也在不断的领悟中渐渐成长，开始认识到一些老话说得很有道理。

　　但是，放在不同的事情中，这道理未必还会成立——

　　就像那个所谓的"道不同，不相为谋"，或许当时我不固执地坚持自己的态度和道理，就能很轻易地挽回我们之间的友谊，而我也能很好地对自己进行一些改变，去看到不一样的风景。

　　像两个失恋的人总能很好地坐在一起聊天，互相倾诉彼此在爱情中的失意一样，往往两个爱好相同的人更容易亲近彼此。

　　但是说到底，人到最后需要的还是一种改变，并不是把压力释放完后，事情就能圆满地结束了。往往两个负能量的人在一起聊天，心情只会更加糟糕，而对解决任何事情都没什么实际的帮助。

　　现在若再找男朋友，我已经对他的必备条件有了最基础的认知，因为我本身并不完美，所以再也不会顺着我的性格去找。

　　终于相信那句话，你是什么样的人，就会招来同样相似的人；你做什么样的事，就会招来做同样事情的人。

　　所以别再埋怨自己的生命中为什么遇不到能干的人，乐观的人，正能量的人，冷静下来想一想，或许只是你自己出了问题。

　　人，有时总要对自己狠一点，否则，世界狠起来，可没有你后悔的余地。

　　爱情很重要，婚姻更重要。

爱情靠最基础的那点荷尔蒙来维系，婚姻靠夫妻之间共同的信任与扶持来维系。

当你找到心目中的伴侣，也就开启了改变自己的第一步。因为，选择跟什么样的人在一起，实在太重要了。

你不成功，是因为对自己不够狠

正当年轻气盛的你，这时不对自己狠一点，就可能永
远也得不到自己想要的生活，去不了心中一直梦想的地方。

生活在这座大城市里，每天睁眼闭眼都是真切实际的开支，还
有各种掺杂着鸡汤的励志故事和奋斗题材，就连闲暇时间看的电视
剧也是一部部讲着奋斗的题材，诸如《北上广不相信眼泪》《奋囧：
青春正能量》等。

我不知道，有几个人还能安心踏实地守护着脚下的"一亩三分
地"，踏踏实实地过日子。

反正我不行。

以前，总感觉之所以会感到痛苦，只因为"想得太多而做得太
少"，可是即便现在每天把自己忙成一个陀螺，也会担心未来不会
有改变。

也许，多少有些"还未付出就先想着不朽"的懒惰与哀怨，但
毕竟，谁真的甘心艰苦奋斗几年最终却一无所获呢？

上周，和一个认识多年的老朋友涛子聊天。

涛子在一家电视台做主编，平常工作很忙很辛苦。

许久不见，可他见到我的第一句话就是："我现在还不够满足，是因为我对自己还不够狠。"

这句话能从他的嘴里说出来，使我感到诧异。要知道，在我的这帮朋友圈里，数他对自己最是刻薄。

记得当初涛子比我还要晚来一年的时间。那时我在一家传媒公司做采编，因为觉得北京这座城市更适合人发展，所以就将他从老家叫了过来。

我记得非常清楚，那天下午，涛子只带着简单的行李，兜里揣着 400 块钱就来投奔我了。

当时我还笑他胆子真大，这里去附近的商场溜达一圈，随便买身衣服都不止这个数了。

那时涛子给自己定下的目标非常明确，就是要考上北京广播学院。可是到了学院一问老师才知道，光考前的辅导费就要 800 元，考上以后还需要另交 2600 元学费，而他手里就只有 400 元。

我这里可以暂时免费提供他吃住，可是钱没办法，因为我当时也才来北京一年，除去日常开销，手头几乎没有剩余。

涛子知道我有难处，非常感激我的收留，至于钱的问题，他说，他来想办法。

可是听完他的这番话我却不能放心，他一个刚到北京的人，人生地不熟又没有要好的朋友，能怎么去想办法呢？

可是涛子接下来的表现，却令我大吃一惊。

涛子或许是想到了所有能想的办法，最终应聘到一家做广告业务的单位——拉业务，跑单子，他拼体力一手包办所有的事，每天睁开眼就同命运较量。

就这样，涛子疯狂地玩命干了几个月。终于，他在某天成功地签了一笔大单。

拿到薪水的那一刻，涛子都不敢相信自己的眼睛，他的手上躺着厚厚的一沓人民币，而他另外一只手里，一张白色的小纸条上清清楚楚地写着一个数字——"30000元"！

就这样，上学的费用解决了。毕业以后，涛子顺利地进入了自己中意的单位，且一奋斗就是五年。

能有今天的成绩，我觉得涛子应该是一个对自己够狠的人。然而，他却跟我讲起他一个同事的故事。

进入单位的第二年，他就认识了一个名叫周凯的同事。

周凯比涛子更早进入这家单位，那时他已经在主持一些非常重要的栏目。

有一次，公司想要拍摄内蒙古地区的一些民族风情，而不巧负责外拍的两位同事先后因为个人的原因，离职或请假。

新的人员尚未到岗，于是领导就把这项任务，临时交给了他们两人。

当时正值冬季，内蒙古雪厚山冷。

涛子跟周凯两个人辛辛苦苦扛着笨重的机器，踩着积雪辗转在内蒙古多地采风。

气候恶劣，再加上时而泥泞的道路，让涛子这个堂堂七尺男儿都有些怨声载道，更不用说那个看起来并不比自己强壮、甚至显得有些瘦小的周凯。

可是令他没想到的是，周凯竟然一个人扛着机器走了很远，每遇到一处有特色的风景，都会兴奋地嚷着又捡到一篇好素材！

周凯对待工作的热情和干劲，就像是打了鸡血的疯子，直让涛子为自己的怯懦和退让感到一阵阵的脸红。

最后，在他们堪称完美的通力合作下，顺利地完成了对内蒙古地区的考察与拍摄，他们采到的外景照片，还被评选为那一年的最佳作品，上级对此也感到十分欣慰。

在领奖台上，涛子用热烈的目光注视着他的好搭档周凯，下了台激动地一把抱起他说："你小子对自己真狠，难怪会有今日的成绩！"

以前我常听到一句话："人才都是逼出来的，一个人如果不逼自己一把，就永远不知道自己的潜能，永远没办法变成一个更优秀的人。"

这世界上没有那么多的富二代，大部分人过的是平平淡淡的人生。生活是艰苦的，你不逼自己一把，就不知道原来自己也可以把主动权掌握在手心，也可以把生活这头猛虎骑在胯下。

一个人的成长，必须经过磨炼。

就像之前我在某本书中看到的，一个公司的女白领，白天在公司非常辛勤地工作，但脸上总保持着精致得体的妆容。

并非她感觉不到辛苦，只是想自己能以更好的姿态去面对所有。

还有我那个 28 岁才想到要考专升本的闺密小凡。

当时我们都觉得她这个主意有些异想天开，毕竟工作算稳定，家庭也算幸福，30 岁之前还打算生个宝宝。

一个女人，何必让自己那么辛苦。

可是对此，小凡只是置之一笑，便化身学生时代的好学生，奋不顾身地投入到题海生活中去了。

还有那个一直向往远方的小表妹。

在我的印象中，她一直都还是那个扎着马尾、穿着花衣衫的小姑娘，却在某天，从我姨妈的口中得知她独自一人去了日本留学。

这些人其实就生活在我们的身边，不是那些从闪光灯里走出的偶像明星。甚至就连那些当红的明星，你也一定能通过各种渠道得知，他们曾怎样做出努力，与命运做抗争。

说到底，他们跟我们没有什么不同。

比我们优秀，也只是因为他们舍得让自己吃苦，会逼自己做到更多，逼自己拿出更好的状态去面对眼前的一切。

也许你会觉得这些人完全不注重自己的饮食健康，生活规律，深更半夜还在打拼，身体素质一定差到不行。

这可大错特错了。

我所认识的他们，每个人都有自己的一项或几项运动项目。有些人每天坚持晨起跑步，有些人办了健身卡，每天雷打不动地拿出两个小时游泳、练瑜伽。

也有些人，他们很努力地研究食谱，只为自己能有个健康的身体，去支撑他们完成更多的梦想。

而那些打着"我要按时吃饭，按时睡觉，好好照顾自己"口号的人，你会发现他们真的除了按时吃饭，好好睡觉，就再也没有其他作为。

久而久之，你猜这两种人谁的身体会越来越好，谁的又会越来越差呢？答案就在你我心中。

对自己严格要求的人，往往都有一套很高的办事效率。

在"知乎"上关于"你最炫的一个瞬间"的提问中，一个女孩的回答，获得了网友们过万的点赞。

她在同一天中完成了三件重要的事：

早上6点赶赴司法考试的考场；

上午 11 点飞奔回家，完成化妆，正午 12 点准时举行了婚礼，因为她是那天的新娘；

又接着在下午 4 点参加早前答应的初中同学聚会，非常幸运地见到了阔别数十年的同学和班主任老师。

而最后的结果是：

她的司法考试顺利通过；

当天的婚礼也很圆满地落下帷幕，亲戚朋友们都纷纷送上贴心祝福；

再次见到自己敬佩的中学老师，这让她的一天更觉得升华和满足。

看看，你行吗？反正我正在努力中！

据说我们每个人的一生，都可以画进一个 30 乘以 30 的格子里，去掉那些不谙世事的童年和少年时代，再去掉那些丧失劳动能力、身体状况每况愈下的老年时期，其实能够允许我们奋斗的时间，只有短短的 360 个月。

而正当年轻气盛的你，这时不对自己狠一点，就可能永远也得不到自己想要的生活，去不了心中一直梦想的地方。

为了看到更完美的自己，做人，就要舍得对自己狠一点。

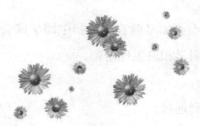

第六章

不忘初心，时刻让自己保持清醒

好青年是什么？无羁无绊，坚韧决绝，为自己，为未来，努力生活。自古以来，这就是好青年。

好青年多半在路上。

春耕秋收，一年到头，面朝黄土背朝天，在晨昏的鸡叫声中收割明天，这不是你要的生活。

别因为世界的不识货，就轻易去改变自己

> 我清楚人生是在为自己而活，命运也如实掌握在自己
> 的手里。

9 月 10 日，又一个教师节。

虽已不是学生，这个节日却在心里越来越重要。因为每年的今天，我都会想起一个人。

前年，去年，今年，往后的每一年，都想。

13 岁，从家乡的农村去到附近的镇上读书。入学第一年，就很幸运地遇到了她。

现在，或许她的模样已经改变，而我，也不再是当年那个留着假小子发型的女孩，只是依然倔强，有伤自己扛。

依然记得，她当时的模样，喜欢穿一件黑色大衣，因身材丰满而显得曲线动人。

最难忘的，是她那副闪着彩光的眼镜，以及背后那双无比睿智的眼睛。

不知何时起，她和我养成了用日记交流的习惯。每周我写下所

有的心事，都着急期盼她的回复。

那时候，因为家里连续发生两起重大变故，我变得沉默寡言，不爱搭理任何人。

多亏了那本日记，以及背后为我辛苦答疑解惑的她，一点点化解我内心的痛。

还记得她跳过课本顺序，提前要我们预习曹雪芹的《红楼梦》；

还记得每天早晨上课前，那独特而富有力量的贝多芬《命运交响曲》响彻整个教室时，我内心所涌起的感动；

还记得她说我表面平静，内心深处却隐藏着一座火山时，这精准的判断使我惊讶地张大了嘴巴——那时，她做我的班主任才满一周；

还记得她被迫离开学校时，全班同学的不舍，以及我如断线珍珠一样的眼泪。

很久以后，我们又见过一面。29 岁的她，有了高大的男朋友。

我吃醋一样对着戴墨镜的陌生男人说："你要好好对她，不然我回头找你算账。"

故事就此落下帷幕。

多年后，我邂逅了一部电影《死亡诗社》，在里面看到了跟她一样性格的老师——这部电影的男主角。

写这篇文章时，电影男主角罗宾·威姆斯已经自杀去世一年多了。

我喜欢这样的老师，他们是真正的"因材施教"，充分挖掘每个孩子的天分。

回顾当时，我的老师后来似乎转行开了美容院，抑或去做了别的什么生意。也许那次全校通报批评，让她感到耻辱。而被开除这件事，让她决定不再做一名教师。

但是赵老师，原谅我后来到了石家庄，却没按照名片上的地址去找您。

也原谅在更后来的时间，那张名片被彻底弄丢在风尘岁月里。因为我发现，置放怀念的最佳地方，只有心底。

不知你现在过得好不好，如今已长大成熟的我，多想再跟你见上一面。到那天，我会亲口跟你说，别因为这个世界的不识货，就轻易去改变你自己——

因为在我心里，你永远都是我敬爱的老师，是我人生航程中的船长！

9月10日，写完这篇纪念性质的文章后，我常在夜深人静时想起她的脸。

也常常幻想，倘若她没那么早离开我的生活——我是说如果往后长久的时光里，我们还是能够一直在一起，那么或许，我过得能比现在更精彩些吧。

记得有次翻阅一本关于"回忆自己学生时代"的文集，文章的最后一行写了这样一段话：一个人性格之好，多半得益于少年时期遇到了一位不错的老师。

但是，我的这位恩师，又岂止是"不错"呢！

她的灵性使我觉得，她简直就是专门前来引渡我人生的智者。虽然我们相处的时光如此短暂，且当时的我也只是一个心智等各方面尚未成熟的中学生，但我已然能够分清楚对错。

成年以后参加工作，这样具有生命灵性的人，我也曾经有幸遇到过几个，印象比较深的是我的一位图书编辑晓光。

认识晓光是在2015年，当时是通过豆瓣某个征集名著改写作者小组联系上的。

最初的几天，我们只是进行着简单直接的工作交流。

也不知道怎么的，我总感觉电脑背后的那张脸，一定是饱经岁月风霜的。虽然当时晓光的年纪也才刚刚 24 岁，我却觉得他一定是个不同寻常的人。

因为晓光说起话来总是妙语连珠，那些非常好听的大道理，我有时明明感觉哪里不对，却找不到合适的词句进行反驳。

久而久之，我就对这个人产生了一定的兴趣。

也不怪我会那么想，他的 QQ 头像是位帅哥的模样，经过证实，这也确实就是他本人。

那本图书成功出版后，我顺利地拿到了属于自己的那部分稿费。那个时候，城市已迎来冬季。

转眼，我们也联系了近三个多月。

某天，我在 QQ 上跟晓光要来电话号码，并且问他："如果我想走进你的生活，可以麻烦你接我的电话吗？"

没想到，晓光竟然一点都不为此感到诧异，还非常痛快地说："如果你真的想了解一个人，为什么不去他所在的城市见他，两个人好好地聊一聊？"

我听了这些话，当时就吓得一脸惨白。

不是吧？

说真的，虽然我的思想在同龄人中属于比较前卫的，但是见网友这件事还是生平第一次。

当然，此前也并未真正想过，可是听他说话的语气又极不像是在开玩笑话，于是我笑着回说："这有什么不敢的，你敢发出邀约，我一定就敢去赴约。"

挂掉电话，那天晚上我失眠了。

那个周末，我竟鬼使神差地买了一张去往 H 市的高铁车票。他所在的城市距离我的城市，不过半个多小时的车程。

反正已经合作出版过一部书籍，我也不怕他一个孱弱的编辑，能把我怎么样。

果然，我的决定是正确的。

虽然没想到我会真的付诸行动，但晓光却还是以非常得体的姿态，迎接了我的突然来访。

那个周日的下午，我们在街边一家饭馆点了两碗面和一盘花生米。当时我就感觉似乎哪里不对——男生请女生，难道不该吃得好一点吗？

以往我见过的人是"不屑于"请女生吃这些东西的，因为他们都很要面子嘛！

晓光没有一般人身上那股子世俗气，他看上去一点都不紧张，反而说："说故事和听故事的人，都需要一盘上好的花生米。"

晓光说这句话的时候，我脑海里突然闪过鲁迅先生笔下的"孔乙己"，以及那有好几种写法的"回"字。

他的故事，也就在那个被暖阳照耀的下午开启了。

晓光的母亲在他初三那年就去世了。当时他在县城里上中学，是住校生，没有人告诉他这个对他来说非常重要的消息。

父亲觉得他还是个小孩子，见不见母亲最后一面对他而言根本不重要。后来，父亲也续弦娶了另外一个女人，那个女人带来了她的一双儿女。

从此，他就成为家中多余的人了。

所以，每到过年这种全家人团聚的节日，他通常都会选择不回家。性格也渐渐变得孤僻，从上学到参加工作，有不少老师、同学、同事，都劝他做人要乐观些，不要那么孤僻，但他依然如此。

在那段孤绝清冷的岁月里，他完成了常人难以想象的工作：首先是在一个暑假看完了《国史大纲》，写了一万多字的读后感；然后学习了一些国际上知名导演拍摄电影的手法和笔记，特别针对几部电影写了一些影评。

一个人的生活，他过得简单轻松，游刃有余。

最后晓光说："哪怕最后真的因为自己喜欢孤独这件事，交不上女朋友变成大家眼中的'外星人'也没关系。至少，我清楚人生是在为自己而活，命运也如实掌握在自己的手里。"

他说他不后悔。

当晓光这样说的时候，我分明再一次想到了我的那位中学老师，也深深地感觉到：每个人都不必为寻找一种所谓的"相似性"去刻意改变自己，要知道你原本就是这个世界里与众不同的一道光。做你自己就好，而不需要成为"你"以外的任何人。

一生能有几个人，让你可以在他面前丢尽脸

> 你所有的自尊与骄傲，伪装和高冷，在他面前都是种
> 多余。而他也好似根本就不在乎你所有的这些不堪，一心
> 只想要你从此好起来。

其实，我并非一个多愁善感喜欢回忆的人。但人生走着走着，回头看看，似乎更容易看清一些道理，认清楚一些人。

在外独自漂泊的这段时间，能更广泛地遇到一些人，接触一些事，懂得一些道理。

不想做个祥林嫂，在回忆起那些不堪的过往时，时不时地朝自己"挺"过来的人生里，加点素材，制造点意外，让原本新鲜生动的北漂生活，变得冰冷坚硬，励志动人。

往整个城市看去，我这样一路艰辛的奋斗过程，并非独家私有。差不多每个来这座城市漂泊和想要实现梦想的人，应该都会经历这些。

这一次，我想写写我的好哥们宇多田光。

他的本名并非宇多田光，而是小易。不过他一直很喜欢这位日

本女歌手，于是在我认识他之后，为了省事，干脆把他的女神作为封号，就此"赏赐"给他了。

跟他在一起吃喝玩乐我都比较放得开——

或许吧，每个人在这个世界上都会有那么一两个甚至几个朋友，不管遭遇到了什么事，使你在他的面前都能放得开，不用时刻担心自己的言行，会使彼此陷入尴尬的境地。

甚至，你们之间相处起来也很少有不愉快的时候，一切看上去都是那么自然。

来到这座大城市的第一年，就能认识到这样一个交心的朋友，我觉得是上天给我的最好的一份眷顾。

摩羯座是比较高冷的，在陌生人面前自尊心也很强，一般受不了别人见到自己懦弱的样子。

是的，过去 20 多年我几乎凡事都很要强，也很想用实力在大家面前给自己攒足面子——不知道我哪里来的勇气，竟然也非常喜欢"假装自己很炫"这种游戏。

初来乍到这座城市，我总是想要凭借自己的所谓魅力，去吸引和认识那么几个真正有实力的朋友。

可惜我的计划总是在半途就轻易地破产，死掉了。

"处心积虑"花费了半年多的时间，在各种论坛和豆瓣小组参加了各式各样以交友为名的活动，最终也没认识到几个好朋友。

有人说，朋友这种东西原本就是世间稀有之物，本来就不是那么容易能遇到并拥有的。于是渐渐地，我也就不再关心这件事情。

这让我想起之前自己饲养小动物的经历。

从小到大，我一直都非常喜欢小动物，记得小时候父亲曾饲养过一条体积庞大的警犬，主要是看家用。后来很长时间没有看到了，似乎是被某个小贼给偷去了。

但是喜欢小动物的心意，却从此种下了，总是希望还能再有缘分，饲养一只可爱的小猫或小狗。

虽然，在大城市里生活压力很大，可是耐不住喜欢它们的心情。那阵子刚好有个朋友跟邻居要了一只白色的小猫咪，两个月大，通过网络给我看了照片后，我觉得很喜欢，于是就动了心思。

自知饲养小动物不是一件简单的事，一旦领养，起码要照顾它的"衣食住行"，就不能完全自顾自地生活了。

确切地说，接它进门的那天，它就已经是这个家庭里的一分子了，需要主人用心对待。

结果，两年半的时间，我先是养了一只白色的小猫，而后养了一条棕色的小狗，竟然都不约而同地从窗子逃走了。

我知道猫的天性原本就是热爱自由，我强求留它在家中，它一定会感到不舒服。

可是狗狗呢，连一向号称人类忠诚的伙伴也会主动选择离我而去，那就只能说明我这个主人做得失职了。

或许小动物不喜欢被拘禁起来，毕竟房子的空间很小，只有20多平方米。

当时我也觉得，可能自己跟小动物没有缘分，于是就渐渐劝自己放弃了这种念头。

谁知道就在这一年冬天，我在院子里发现有只小的流浪猫，我觉得它在外面没吃的又很冷，干脆就把它接回了家里。

一来二去，它竟成了我最忠实的小伙伴。每当夜幕降临，玩累了它就会在门外"喵喵"叫着，要我开门。

所以你看，一些你梦想得到的东西，当你刻意做足一切表面功夫时，反而丧失了真正得到它的机会；而当你不再刻意安排，一段特殊的缘分却就此靠近，成为你人生路上的一道风景。这就是"有心栽花花不开，无心插柳柳成荫"吧。

正如这只后来被我命名为"凯迪拉克"的小猫咪一样。

在我放弃了饲养小动物的念头后，凯迪拉克来到了我的身边。而我之前想要结交的贴心朋友，也走进了我的生活，这个人就是宇多田光。

事实上，也多亏认识了这样一位仗义的朋友，才使我得以继续在这座城市里生活下来。

记得最困难的那一年，我的口袋里只剩下了五毛钱，连路边的一个干烧饼都买不起。

生平第一次跟别人借钱，因为要顾及面子问题，我只能把目光投向在学生时代认识的一些朋友。

谁料她们的生活跟我一样艰难，工资每月光光，实在没有办法再支援救济我了。

走投无路的那一刻，我想到了宇多田光。他得知了我的困难，不问我原因，也没向我要什么保证，只说让我忍耐一晚，第二天一早就能收到钱。

当时，我半信半疑。

忍饥挨饿一晚之后，饥寒交迫的我找了最近的一家银行。两分钟后，当我看到卡上余额时，顿时对他充满感激之情，也觉得之前那么怀疑他，实在有些不该。

是的，宇多田光真的准时把钱打过来了。

半年之后我才知道，那是他进工厂上班以来的全部积蓄。那笔钱他攒了半年之久，原本是打算过年回家时给父母买一份礼物。

可是，此时此刻这笔钱却安静地躺在了我的账户里。

后来，更难以想象的事情发生了，总结成一段话就是：在我与宇多田光相识的这七年里，他长成了一个成熟有魅力的小伙子，而我则变成了一个神经又爱哭鼻子的软姑娘。

前些年，宇多田光在父母的要求下，回到家乡小镇去了，而我仍留在这座大城市里孤军奋战。

那些再也见不到好朋友的日子里，总觉得心脏的某个部分被掏空了。

这些年我也确实遇到过经济上的一些困难，因为我是那样一个不擅理财的人，并且对于理财向来也没任何经验，总是一不小心就把刚拿到的薪水花个干干净净。

因为母亲生病的事情，我向他借过钱；偶尔几次房租和暖气费没有着落的时候，也"问候"过他的钱包。

家人眼里，或许我是一个懂事、孝顺的好姑娘；同事眼里，我是一个努力、上进的女孩，每天除了做好自己的本职工作，还总熬夜加班写喜欢的文字……

可是我自己清楚，只有在他那里，我是一个可以示弱甚至可以诉苦的人。

记得那年冬天母亲病重。

我当时非常抑郁，因为找不到人说话，也没法及时凑出那笔救治母亲的钱，整天闷闷不乐。

终于有天憋到心痛，在某个凌晨3点拨通了宇多田光的电话。我又听到了那熟悉的声音，向他倾诉我的困境后，第二天账户里又准时出现一笔数目不小的款项，这些，都令我感动到落泪。

老一辈的人常说："亲兄弟也会明算账。"

永远不要用金钱去考量一个人和你的关系，因为往往，大部分你所认为的亲密关系，在金钱面前根本不堪一击。

也正是如此，我从来不敢过多地向朋友们诉说我的真实生活。

但是在宇多田光面前，这些道理似乎都变得软弱无力。

一生能有几个人，可以让你在他面前丢尽脸。

你所有的自尊与骄傲，伪装和高冷，在他面前都是种多余。而他也好似根本就不在乎你所有的这些不堪，一心只想要你从此好起来。

如有这样的知己，请珍惜。

而现在，我已经开始一点一滴学习掌握理财的知识。虽然我知道，只要我需要，他便一直在，但我也不想成为一个专爱"挖坑"的朋友。

他曾带给我的感动，我将永远铭记在心。

你都忘记梦想了，还有什么不敢忘记的

既然梦想是一辈子的，那么早一点、晚一点实现又有什么关系？

说起何炅，我一直都很欣赏他的主持能力，他的为人。

这些年，随着年纪的增长，渐渐不再关注青少年时期热衷的综艺节目，却始终为《快乐大本营》留了一个位置在心底。

记得前几年，《快乐大本营》节目组集体为何老师过生日。

当然，这个计划何老师全然不知道，因此当他看到一个三层大蛋糕缓缓出现，一步一步从舞台左边被推至身边，眼睛里早已噙满感动的泪水。

他是真的为同事们的这片热心所感动，再加上那句发自肺腑的话："回首人生，有《快本》这么一档节目，是大家一直在一起努力了15年，并且以后还将继续努力"，令电视机前的我也感觉暖潮袭来，泪流不止。

还有一期节目，是吴奇隆与苏有朋20年后再度合体。

当音乐响起，两位如今依旧称得上是娱乐圈红人的偶像明星，再次演绎初出道时"小虎队"的经典歌曲，令退到舞台一旁的何炅，同样湿了眼眶。

看看，别人跟自己兄弟团聚，却让我们的何老师哭得泪眼婆娑，感慨万分。

不错，我喜欢的何老师，是一个从不刻意隐藏感动，不管年纪几何，都能一如既往流露真情的人。

试问，谁会不喜爱这样真性情的人呢？

真性情的人才有梦想，有赤子之心——何老师的梦想，是要导演一部电影，而他就在自己 40 岁生日这天，交出了一份令自己满意的答卷。

《栀子花开》这个被他称之为"梦想""40 岁也来得及实现"的作品，尽管网上对此有许多负面评论，可还是让我看到了他满满的诚意。

他用实际行动告诉我们：梦想，只要你记得，就永远来得及！

我们这个时代的人，好像每个人都变得很容易脆弱——

失恋了就可以不吃饭，不梳头，不洗脸，周末把自己封闭在房间里发一整天的呆；

失业了就不想再学习，把自己放逐在被窝里，吃吃喝喝睡睡。时光只管随便去浪费。

而梦想是廉价的，它便宜到每个人都可以随便拥有和抛弃；梦想又是昂贵的，很多人以为自己拥有，却不曾为此付出努力，去把它实现。

很多人为了梦想，在现实里厮杀，被残酷的现实"教训"得头破血流，不得不靠喝大量的"鸡汤"和看励志电影来不断地提醒自己："哦，为了梦想，我得努力。"

我知道，《栀子花开》的诞生过程非常艰难。

何老师本就身兼数职，要在大学教授课程，主持节目，还要和"快乐家族"一起灌录唱片……

我总在想："那么忙的一个人，他是怎么挤出时间拍出这样一部青春故事片的？"

看到新闻中说，为了宣传电影，他还曾亲自到北京各大院校当面赠送电影票，"讨好"学生呢。

再看看何老师同期出版的一本新书《来得及》，他在接受采访时说："人到了40岁，应该开始重新思考自己能不能为这个世界再做些什么，再留下些什么，我很惊讶自己40岁还能完成一个梦想。"

何老师还说："青春与年龄无关，大家保持年轻的心态，做出正确的决定，何时开始都来得及，永远不要放弃我们的梦想。"

虽然，我也知道，相比这种将梦想实现的举动，还有一些人会选择将梦想放置心底，让它顺其自然。夭折也好，实现也好，就像每个人最终都会离开这个世界，梦想也有它自己的归宿。

两年前，我耗尽心血完成一本书稿，出书一直都是我的梦想。于是，我找到编辑，跟他说了我这个伟大的梦想。

现在我还能想起，在向他描述这件事的时候，我的眼睛里闪着明亮的光，手指是多么激烈地在键盘上上下翻飞。

但是，编辑在看过我的稿子后，毫不客气地泼了我一头冷水。

他说："你写这样的稿子根本达不到出版标准，就算修修改改最后勉强出版，也卖不了几册。"

"就算有人愿意掏钱买，读完以后也势必束之高阁，终生不再过问。"

"甚至就算有人肯翻阅第二遍，对这本书的感受也无非就是捂着心口狠狠地来一句，'什么啊，浪费精神粮食，烂书！'"

末了他问我："这样的书出版了对你有何意义？这样的梦想就算实现，你会真的开心吗？"

那一刻，我很心痛，毕竟是自己恭恭敬敬一字一字敲下的心血。

但当冷静下来，我却开始思考，这次的失败或许是时机不当，或许是人没找对，又或者，我的写作能力确实还有待提升。

从那之后，我不再写完一本书就着急联系出版，而是放置一段时间，等头脑清醒了回头再阅读，修改，直到尽力。

日本作家村上春树也曾说："一本书写完，作者至少要放上一周时间，再去看究竟还有哪些不足。"

是的，既然梦想是一辈子的，那么早一点、晚一点实现又有什么关系？

我看到网上有很多人评价何老师的这部电影是"烂片"，并且年终盘点时，这部作品还曾多次被请入"年终十大烂片"的阵营。

每次看到这样的归类，我都想问这些人："你们看过彼得·蒂尔、布莱克·马斯特斯合写的《从0到1》吗？你们知道什么叫做'不积跬步无以至千里'吗？"

一个人成功与否，在于你是否敢于迈出脚下的第一步，就算你只是从0到了0.5，做得不是那么尽善尽美，至少也比"空有一番幻想，却从不投入行动"要强得多。

从0到1，才能为自己创造无限的机会与价值！

而梦想是什么？

苦练了10多年体育，就为站在奥运领奖台上为祖国争光的邹凯，当他被戴上金牌的那一刻，他的梦想能够被称之为梦想；

因想要继续综艺事业而放弃了爱情的贾玲，日复一日地排练小品，最终成功地把观众逗乐，并且凭着自己的本事将名字深深嵌入观众内心的那一刻，她的梦想能够被称之为梦想；

或是像马丁·路德·金，他的梦想说出了千万人的心声，关乎到整个民族的利益，他的梦想也能被称之为梦想。

《当幸福来敲门》里的父亲对儿子说："如果你有梦想，就去捍卫它。"是的，每个人都该勇敢捍卫属于自己的梦想，不该让别人随便剥夺自己拥有梦想的权利。

如果你暂时没有实现梦想的条件，也无须着急，要懂得沉静、沉淀。别忘了，何老师说过，"梦想，永远来得及。"

失去的，总认为是最美好的

就算明日互相憎恨不愿再提，今日的我们，还是要携
手对望互许一世的承诺。

决定走进影院观看这场电影，是因为有《开心麻花》沈腾团队。
在今天这个处处高压的生活环境之下，像毫无征兆地爱上一个人，
我对喜剧的偏好也是始于"润物细无声"。

之前就曾追着某台一档喜剧节目，笑看沈腾趣斗宋小宝。没想
到沈腾一路过关斩将拿了总冠军，由此对他和他的团队，更平添了
一份期待。

整场电影观看下来，沈腾这场"屌丝大叔不满现实，梦回校园
再追初恋"的戏码，除了使自己也重回了一次18岁，还使我感慨时
光犹如白驹过隙。

影片开始，夏洛在初恋婚礼上失态，醉酒在马桶上为现实里自
己的一事无成痛哭流涕，到最终借着酒精恍惚穿越回到青春年代，
整部剧的节奏始终那么轻快自然。

中年的夏洛是失败的：暗恋许久的初恋嫁了别人；一直很努力

地写歌、创作，终究籍籍无名；跟喜欢自己但对对方却没什么感情的马冬梅结了婚……

甚至在初恋的婚礼现场，他只想要玩把最后的风光，竟还很狗血地跟司仪撞衫，再度沦为旧时同学的笑柄。

这一切，都让中年的夏洛痛苦不堪。

而这，也是很多观影人群的痛点。

诸如《大话西游》中，至尊宝后悔没向紫霞倾诉心意的桥段，在我们的现实生活中也常常上演。要知道御龙飞上九重天，真正的成功人士毕竟凤毛麟角。而大部分人，都活在对现实的苛责与不满中，活在对往事的憧憬与留恋中。

你也一定听过，或者说过"如果现在能回到某个时代就好了"诸如此类的话。

而穿越回到高中校园的夏洛，变成了一个睿智聪慧、极富音乐才华的少年。

在他的学生时代，许巍、朴树、周杰伦都还没火，于是他想当然地火了，迅速成为一个炙手可热的歌坛新星。

鲜花，掌声，无数的赞誉，甚至他一直倾心的初恋，所有他在"未来"望尘莫及的东西，一夜之间都得到了。

而马冬梅——他在现实里最不珍惜的妻子，却从他的世界里消失了。

他像个苍蝇一样整天围在小雅（初恋）的身边，可以为了她写歌，为了她违反学校的纪律，公然跟老师校长作对，在学校的广播室用大喇叭向全世界证明自己对她的爱慕。

也可以为了她，去跟别的男生争风吃醋，不止一次疏离马冬梅。直到，他凭借自己的"音乐才华"顺利成名，小雅终于成为他身边的女人。

原本以为，这可以是一个令人满意的 Happy Ending。却不曾想，天降大祸，一场绝症找上了他。

躺在医院的白色病床上，他的头脑开始变得清醒——成名这些日子以来，他获得了想要的一切，可以说是非常成功了。但当四周安静下来，他却悲凄地发现，自己的内心竟少了一份简简单单的快乐。

更可怕的是，他病倒之后，小雅竟一次也没有出现过。而他最好的哥们，也因为钱跟自己的母亲搞在了一起。

他竟开始想念马冬梅了，那个为了他，不惜以女儿之身与一群彪形大汉搏斗的人；为了他，可以穿跟小雅一样的裙子，把脸抹成大花脸的人；甚至可以为了他，被"仇家追杀"，不得已辍学转学，举家搬离这座生活了十几年的城市的人。

"不行！我要去找她！"这个念头在夏洛心中叫嚣着。

病好之后，夏洛循着记忆走进一座小区。就在他觉得找不到马冬梅时，马冬梅出现了。她有些不知所措地将他迎进了家门，告诉夏洛说，她天天都在电视里看他的节目，听他的歌。

然后她下厨煮了一碗冬梅牌茴香卤面，他狼吞虎咽地吃起来——这明明是他跟马冬梅结婚以后几乎每顿都吃的味道啊，可此刻却仿佛山珍海味。

而她却在一旁笑着说："你慢点吃，又没人跟你抢。"

夏洛当时就哭了。因为，是有人跟他抢的——此时的马冬梅已经跟自己当初最好的哥们走到了一起。那时为了甩掉她，他一直怂恿哥们去追求她。

如今，他的心愿也算是达成了吧。马冬梅再也不会是他追求小雅路上的绊脚石，可他却幡然醒悟——他失去了真正爱他的女人。

影片的结尾是个大彩蛋，有去就得有回。其实在夏洛吃着那碗马冬梅牌的茴香卤面时，观众就已然能够猜到结局了。

回到初恋婚礼现场的夏洛，不再留恋初恋，而是冲着妻子马冬梅飞奔而去，抱起她重重地在脸颊上亲了一口，心里的潜台词是："太好了，马冬梅你是我的媳妇！"

很多人都想着假如能回到过去该有多好。但其实，一头扎进往事里，你才能真正体会到现实究竟有多美好。

还有一部讲述爱情的电影，一共有三部分，被称为"爱在三部曲"，不过那讲的是一场错过的缘分。

这部影片最让我感动的是："人生竟然真的可以有两次，与爱的人相逢。"

男主角为了宣传新书来到巴黎。在签售过程中，他不经意地朝周遭瞥了一眼，竟看到昔日的她，此时正站在书店外面，用一双冷峻的眼神望着自己。

那一瞬间，置放心底九年的谜题渴望获得正解。

然而爱情是偶然的吗？

在第一部，他为了和她聊天，刻意打乱计划拉她在维也纳下车，旅行让他们彼此互相了解，又因互相了解而互相深爱。

像个老朋友般，他们并肩穿梭在巴黎的小道。只是这次相见，中间隔了长长的彼此互不干涉的九年时光。他和她都老了，九年的时光赋予了人生许多的波折和故事，也让他们变得更沧桑。

到这里，她才试着问九年前他到底有没有来。尽管事实上，违背约定的是她，但是一想到对方似乎真的没遵守约定，她就变得急躁和失望起来，冷不防一个劲地追问："你为什么没去！"

他是去了的，所以知道她没去。也是因为这样，他们之间错过了九年。

怎么办？他还是很想念她。人海茫茫，没有任何联络方式，他知道这段情缘就要湮灭在人海中，于是就写了这本书。

在第二部的开头他也讲了，是某个他在旅途里爱上的姑娘，促使他提笔写了它。

然而，得不到的只能缅怀，现实的生活仍要继续。

这九年里，他们都曾在彼此生活的城市驻留，他曾经在维也纳待了三天，她曾经去纽约读了三年大学。在纽约，她住在百老汇11号，离他居住的地方只隔了一条街道。

失去心爱的人以后，他和她都找了另外的人填补寂寞，她无私地奉献自己，渴望得到男友一个真诚的求婚；他糊里糊涂地走入婚姻的殿堂，还有了一个儿子。

看样子，他们都在各自的轨道上运行得很好，对这段失去的感情，没人在乎。

直到坐上出租车。

原本他晚上有飞机要赶，无法闲庭信步同她一起欣赏巴黎的日落，然而他内心不舍，执意要送她回家。

在车上，她崩溃了。也许是当人位于一个狭小逼仄的空间，心事变得无处存放时，就会有一个委屈的声音在命令着她，说出来，说出来，全都说出来。

于是，一场掺杂着眼泪与嘶吼的控诉开始了。

她在车里失控了，说她这些年的失意，说她这些年就等一个男人求婚却注定等不到。她说这一切都是拜他所赐，如果当时能有机会好好在一起，也许，她就不用受到这些煎熬。

最令她难过的是，她如此在乎这段感情，为何他却能平静地娶妻生子。为什么？爱情真的一点都不公平。

她质问他："难道那次相遇，只是你感情里又一次平淡无奇的一夜情吗？"

于是，一个女人的嫉妒心理，暴露无遗。是的，九年来我依旧孑然一身，你也不该有家庭。

下了车，他执意要送她进家门。她给了他一个拥抱，这个再普通不过的拥抱，因为中间隔了漫长的九年，而让人心生感动。

然后，他尾随她上楼。

那一刻我知道，他已经再次落入她的眼眸，只是这一次，不会轻易放手。但作为男人，他就不会吃醋了吗？并不是这样。

窝在她家的沙发上，他故作轻松地听她弹着吉他唱歌，然后又故作轻松地问："是不是只要改一个名字，这首歌你就能唱给每个男人听？"

她笑着说："当然，难道你以为这是为你专门创作的吗？"随后，屋子陷入片刻沉寂。

"嘿，Baby，你的飞机就要误点了。"她说。

"我知道。"然而他依旧坐着，并没有半分要走的样子。

如何与爱的人再次相逢？答案是：如果你想，就该主动制造缘分。

这部电影让我知道，在爱情里，所谓缘分并不是天注定。

虽然相爱这件事，时间久了，两个人容易发现对方的许多缺点，也会让人抓耳挠腮无所适从，但是人与人之间还是要有爱情。

就算明日互相憎恨不愿再提，今日的我们，还是要携手对望互许一世的承诺。

在别人（王晓晨）的奋斗故事里，想想自己

> 曾为能靠自己活到今时今日感觉自豪。撑也好，熬也
> 好，死扛也好，世界毕竟又在眼中，鲜活而完整。

没错。标题上的这个王晓晨，就是在 2015 年底赢得"网台收视双冠"的电视剧《大好时光》女主角茅小春的扮演者。

最近两年，她频频出现在观众的视野，星途一片。

回想起，那还是 2014 年 5 月，我当时应聘到了一家不错的影视营销公司。当时公司接手的项目中，就包括对王晓晨主演的某部抗战题材影视剧做二轮宣发。

那天下午，为了帮我练胆，主管把电话采访王晓晨的任务交给了我。

拿到问题的那一刻，我捏着密密麻麻写了一堆字的纸，手心直冒汗。这是我第一次近距离直接跟明星接触，说不慌张那是假的。

采访前的 10 分钟，她的助理找到我，提醒我说，不要在同一个问题上耽误太久时间，王晓晨下午 5 点还有外拍活动。

我抖着身子说："我记住了，记住了。"

下午 4 点 20 分，这个时刻我记得清清楚楚。

为了采访过程不受干扰，我专门找了个地方——公司顶层的阳台，视野开阔，是适宜打电话的僻静场所。

站定位置，我打开手机的录音功能，深深地呼出一口气，拨通了她的电话。

"嘟……嘟……"此刻电话那端传来的通知声，如此地漫长。

"喂，你好！"突然，一个在电视荧屏上熟悉的声音传递过来，我赶忙扶一下听筒，在简单的自我介绍后，开始了正式地提问。

都是很"规范式"和"常业化"的问题，不过有一个问题令我印象深刻。

她跟我讲到当时在拍摄一部剧时，一个爆破的现场突发意外，将她和当时剧中的男主角都炸伤。

随后她不得不在医院输液，但因为剧组拍戏节奏紧张，她也不忍心耽误整个戏的进度，就在输液的第四天，忍痛上场。

当时正值深秋，她有一场要下水的戏，刺骨的寒冷在她腿边环绕，一下下如同刀割。

我问了一个跟任务无关的话题："你不冷吗？没想到要放弃演员这条路吗？"

她在电话那头"扑哧"一声笑了："怎么说呢，当演员是我的命吧，天生就喜欢这个行当。再看看这个圈里，有谁不是忍着艰辛一路摸爬滚打。既然喜欢一件事，就该去坚持。拍戏很辛苦，可是没有戏拍更辛苦。"

听了她的话，我顿时忘记了她与我的身份之差。那一瞬间，我只感觉她亲切地像身边那些同样在大城市里奋斗的年轻姑娘。

短短 25 分钟的采访。

我提的每个问题，她都很认真，也很详细地给了回答。甚至，还曾两次"跑题"聊到一些关乎人生、梦想的题外话。

挂上电话，我对王晓晨的感觉是，她是个非常敬业和努力的女孩子，是真的喜欢演员这个职业。

是的。

所以，依靠热播剧《我爱男闺蜜》中方依依一角逐渐走红的她，才会有今天的成功。我相信，只要继续保持努力，她的未来一定会更加光明。

每个女孩都要努力，管它风雨之后有没有彩虹。

每个今天都该付出，因为你活在当下，就要爱在当下。

而作为小人物的我们，也有自己的理由寻找快乐，感知世间万物。

这些年来，远离家乡、漂泊在外，我有了另外一个称呼：异乡人。接受或者拒绝，这称呼已渐渐嵌入我的生命，在偶尔思乡的时节，扎得心生疼。

逢年过节回家，倒是觉得梦中的故乡更亲切了些。只是假期短暂，每次都会产生故乡已成他乡的错觉。

每年一次，每年两次或是每年至多不过三次的探亲活动，是一生中最温暖、真实的存在。

坐在返回故乡的车上，我不禁要想：故乡对于我们中国人来说，究竟是一种怎样的存在？难道就只是从文化、想象中牵动我们的灵魂？

也许吧。

那些亲人，只有离得足够远，直到看不见，直到存在于回忆里，你才倍觉亲切。当你回家，父亲已经蹒跚，母亲耳鬓多了银丝，可你的记忆深处，他们都还是年轻时的样子。

那时候，你才知道，时间带走了你的稚嫩，也使他们变得不再年轻。

那时候的故乡，就变成了一道可怜兮兮的记忆。

你多想回到过去。

你也开始责备自己，有一个好好的、完整的家，当初为什么要选择背井离乡。只是，你知道自己要的生活在别处，前程在远方，所以你马不停蹄地奔赴，像一个志在必得的勇士。

但这么多年来，只有故乡懂得，你在他乡所遭遇的一切，又最终收获了些什么。

行走数年，踏遍山川，你不过就是为了荣归故里。

可当你满身伤痕地面对它，它给你的只有沉默，还好能在亲人那里得到一些慰藉。

是啊，对于远离的人来说，故乡永远是最美的安慰，却也是永远回不去的地方。

好青年是什么？无羁无绊，坚韧决绝，为自己，为未来，努力生活。自古以来，这就是好青年。

好青年多半在路上。

春耕秋收，一年到头，面朝黄土背朝天，在晨昏的鸡叫声中收割明天，这不是你要的生活。

远行的人总以为，背井离乡，孤注一掷，是给自己一生的希望，甚至是给下一代、下下一代的希望。关键是，对于故乡来说，你离开了，它才会显得珍贵——一切只因先有远去，才有思念。

当你回来，再次品尝着儿时的味道，和一些记忆里的人见面聊天，你发现，你们从未像现在这样疏远过——

　　曾经某个时刻你最为亲近的那些人，逐渐变成了你不想成为的样子：早早地结婚生子，你想跟曾经的知己说点什么，却发现她忙着照顾怀中几个月的婴孩。

　　于是，眼前的一切是你熟悉的，却又无法说服自己心甘情愿地接受。你与故乡，在靠近的那一刻，就产生了隔阂，难以形容，不可名状。

　　但是，在你的内心深处，又不容许再一次失去它，那是我们作为异乡人，在他乡遇到挫折难以坚持的时候，一个最有效的安慰啊！每到重阳、中秋与除夕，那是我们心中最果敢而奔放的归宿啊！

　　故乡是根。

　　当你在异乡备感凄苦之时，你离故乡又近了一步。

　　故乡也许并不是现实中的那个地方，诗情画意、田园牧歌，它来自想象建构，是你用尽全部的幻想，制造出来的一个美好天堂。

　　就算那里生存着你的祖祖辈辈，但如果你在异乡有了条件，也一定将他们接到身边，而不是决绝地离去。

　　但是异乡人的身份，驻扎在你的身上太久太久了。故乡对你的意义，渐渐淡薄。它，遥远得几乎快要失去了。

　　我曾看过一首诗，里面这样写道："我达达的马蹄是美丽的错误，我不是归人，是个过客。"

　　再一次读这些句子时，我的眼角垂下了泪水。因为我知道，跟你一样，作为一个异乡人，我名副其实地抛弃了故乡。

　　几年来的每日每夜，睁大眼熬到凌晨四五点不睡也好，10点上床一觉到天亮也好，庸庸碌碌习以为常的白天也好，出去游玩逛街刷卡的周末也好，这些都是2000多个日子的常态。

　　而所有的一切，常态、细节下的生活里，密密麻麻展露着的，不过也就是三个字：讨生活。

只有穷人才需要"讨生活"。

为什么你会没钱？

承受能力差的人，随着年纪越来越大，将会变得更加不堪一击。整个城市正在以你无法估测的速度日新月异，谁也不用怀疑，睡了一个晚上再醒来，今日的北京已同昨日相去甚远。

所以，在北京奋斗应该没有悲伤，没有眼泪，因为你没有时间去痛哭流涕。

过去，我曾带着被身边朋友戏称"拼了"的状态度过了整个2015年。晚上熬夜翻查资料写书，白天照常上班。除非是因过度疲劳心脏支撑不住，自己才勉强请一天假休息。

你一定认为我这么拼应该赚了不少钱吧？事实上口袋确实比常态下单凭工资要厚实一些。但那些钱，除去在北京的生活成本，也就所剩无几。

有时会觉得累，绝望。

不想再继续奋战。

但又心有不甘。

有时劝自己别硬撑着了，反正我又不是什么真汉子，不如找个肯养我的男人嫁了吧。有这种想法的时候是很认真的，但紧接着下一秒就放弃。

我无法面对一个无能和热衷逃避的自己，尽管我的无能到现在自己始终不承认。

只想活得简单一些。

有几个简单的朋友。有份稳定的工作。有份简单的爱情。如果能修成正果一起结婚生个孩子，那真的是上苍眷顾三生有幸。

但常态和事实是，我活得异常复杂、辛苦、纠结。

因为所有的感情都不想辜负，结果所有的感情都被辜负；因为所有的努力都不想白费，结果所有的努力都随风；因为所有想实现的计划都不忍搁浅，结果庸庸碌碌一事无成。

渐渐地，我变成了一个心怀美好，却永远都没有实际行动的散人。

曾为能靠自己活到今时今日感觉自豪。撑也好，熬也好，死扛也好，世界毕竟又在眼中，鲜活而完整。

一次次问自己：愿不愿意付出所有，哪怕是生命，只为求他们的好？

废话。当然。

既然都这样了，有些你不能给的温暖，就不要硬撑了好吗？有些你不能继续的关怀，就不要勉强了好吗？

原谅我是今天才真正领悟到：想想当初是怎样一份勇气，支撑你勇敢地来到大城市里拼生活吧。当你感觉累的时候，不妨多看看别人的奋斗故事，多想想自己的初心，就一定可以坚持到底。

最后，不管将来的结果是怎样，所有的一切，爱情，婚姻，工作，关乎我想当作家的梦想，我都不想放弃！

一万年太久，只争朝夕

这个世界有贫富的差距，美丑的差距，高矮的差距，

性别的差距，年龄的差距，可是爱与爱之间，从来没有差距。

爱情，大概是人这一辈子都要研究的课题吧。

时间越久，年纪越长，对爱情的理解会越清晰，这是脱离了乌托邦式幻想的渗透着生活细节的领悟。因此，备显珍贵。

① 2013 年，《西游降魔篇》上映后，周星驰做客柴静节目，柴静问他："你为什么要用这首老歌？"

周星驰回她，表情认真严肃："主要是我个人喜欢这首歌。"

柴静又问："为什么还要用多年前的这几句话（唐僧：我第一次看到你就爱上你了。段小姐：爱多久？唐僧：一千年，一万年）？"

周星驰："可能我对这几句话有情结。"

柴静："我可不可以理解成这是一个不由分说的想法，我就想在这个时候说出我一生中想说的这句话。"

周星驰说："对对对。"稍微顿了下，他紧接着问："你有这

样的感觉吗？"

柴静非常肯定地回答："有。"

只见对面，周星驰的眼眶立即红了："谢谢你啊，真的谢谢你。"

我想，在那一刻，孤独的天才，也终于在这平凡的尘世间找到了一个难得真正懂他用心的人吧。虽算不上什么知己，但起码在那短暂的一刻，他是不孤独的。

而真正令人遗憾的是，那首熟悉的曲子背后，永远都横亘着一份再也无法完满的爱情，一个让他感慨错失姻缘的美人。

电影里错失的爱情在现实中上演，继而变成永久的残酷与不可弥补——人世间最残忍的事情，莫过于此。

② 2003 年 4 月 8 日，香港巨星张国荣先生的葬礼现场。

此时的唐先生已经哭了好多天，整个脸颊深深地陷了下去，干枯的皮肤上不见一丝光彩。

他已经无力到，需要身旁两个人紧紧搀扶着才能看他最亲爱的人一眼。

真的不敢相信，仿佛昨日还在一起欢畅饮茶的两个相爱的人，此刻竟是生死相对，阴阳相隔。

哥哥（张国荣）在他的认知里，一直都是个乐观开朗的人，他不敢相信，他最终会选择这一步……明明就像《霸王别姬》里说的，他们是要相互搀扶，共同走完今生的人。

电影里的美好期许在现实中再次落空，继而变成了永久无法弥补的遗憾与痴情——人世间最残忍的事情，莫过于此。

③ 2003 年 11 月 15 日，梅艳芳告别演唱会。

她知道自己已病入膏肓，将不久于人世。于是，在最后一场告别演唱会上，特意穿了白色婚纱——

我是女人我知道，哪怕凭借个人实力取得再多的成就，终也敌不过在心上人怀里撒娇来得更温暖。

可是她到死，都未能如愿。

这一生，她演过太多情戏，唱过太多情歌，却没有一个人最终为她披上嫁衣……

痴情的人等尽一生终究还是没有等到一位心上的君子，在梅姑眼里，纵然一生孤单，对爱情也绝不将就——人世间最残忍的事情，莫过于此。

④在爱情里，有人是一遇误终生。

沈殿霞就是这样一位。遇到郑少秋，情陷其中，为他肝脑涂地奉献出自己的全部。

在娱乐圈，那时候她早已是红遍全港的可爱肥姐，一出场就获得掌声无数。而他只是个初出茅庐的小子，除了一张英俊的脸蛋什么都没有。

但他有她。有了她，他也就有了很多。

叱咤在娱乐圈的头十多年，她为他几乎奉献了所有。没有导演赏识、邀戏，她为他抛头露面，想尽办法为他争取到更多机会。

在众人眼里，她是可爱的肥姐，但在她的眼里，永远都只有一个他。

后来，果然如人们所预料，功成名就的金童离开了当初为他牺牲一切的胖女人，转身寻他的玉女去了。任凭她哭，她闹，她撕心裂肺地求，始终都不肯回头。

直到她病重临终，他才去医院匆匆看了她最后一眼——是因为外界舆论的压力，也是因为内心多年的愧疚。总之，那真的是看故人的最后一眼了。

病床上，她穿着硕大的病号服，眼神依旧纯真："阿倌，我不听别人说，今天就要你回我一句，这辈子到底有没有爱过我？"

望着她，他长长地吸了一口气，缓缓地回："爱过。"

然后，她幸福地闭上了双眼，流下了在这世上的最后一滴眼泪。

在我爱着的时候，你最好不要离去；在你离去的时候，我最好也不再爱你。但是，现实怎么可能刚刚好有这种不伤心的剧情？

结果只是我还深爱，你却早已不在——人世间最残酷的事情，莫过于此。

⑤有很多感情，失去都不会重来，张国荣的，梅艳芳的，沈殿霞的，你的，我的。时光有多无情，人间就有多可爱。

趁一切还来得及，好好爱你所爱。

以上是关于明星的爱情，接下来我想讲的，是关于我父母之间的爱情。

说真的，父亲在世的时候，我并没有感觉到他们之间有所谓的爱情。

可能因为我当时年纪太小，整天看到的只是电影电视剧里那种风花雪月的爱情，而回想我父母之间的相处模式，无非就是父亲下班回家了，坐在老旧的藤椅上抽上几口烟；母亲在厨房忙着一家人的晚饭，厨房的屋顶炊烟袅袅，渗透着一股冬日特有的温暖。

大概十几分钟后，母亲会告诉我："去叫你爸吃饭。"

我就会像个小飞机一样满院子地跑着，在还没有来到父亲面前时就一遍遍不停地喊叫着："爸爸吃饭了，爸爸吃饭了。"

父亲此时会掐掉烟头，走到洗脸盆前拿肥皂洗把手，然后掸掸身上的灰尘，走到厨房去端饭碗。

家里在没有重新装修之前，房间很少，所以我跟父母是睡在一张床上的。也没记得父母之间有过太多的交流，只是母亲偶尔会问父亲身上的钱够不够在外面吃饭。

早年还是用饭票的，不过后来统一取消了。

日常的生活就这些了，母亲最多是照顾下父亲的衣食起居，父亲则主要负责工作，赚钱负担一家人的生活开销。

这样淡而平常的爱情，却在父亲去世的那天，一下子变得真实生动起来。

父亲是心肌梗塞走的，从一个完好的健康人到一具冰冷的尸体，前后没超过10分钟。他走得那么急，一句话都没留给我们。

当时我年纪太小了，只知道守在父亲的身边哭。母亲则发狂地给家里所有能联系到的亲戚打电话，然后求邻居跑到村里的诊所去请大夫。

我记得母亲发疯一样地哭叫，声音很快沙哑，然后她赶着我和哥哥让我们一起爬到房顶，大声地朝天际呼喊父亲的名字——

民间相信，喊魂是有效用的。父亲若真的听到家人的不舍，也会努力地坚持一会儿，等到救援到来。

可惜，一切都太晚了。

当母亲意识到父亲真的走了，永远地离开了我们，她一下子卸去了所有的力气，整个人晕倒在我大伯母的怀里。

许久，母亲才睁开眼睛，里面满当当的全是泪水。她清醒过来的第一句话就是：他真的就这么扔下我们娘仨，走了……

那之后到今天，16年过去，时光久远到小龙女与杨过都重聚，可我和母亲的这一世还走在长长的来路上。

后来我才知道，母亲当时也恨不能结束自己的生命随父亲去，但是看到我跟哥哥都还只是没成年的孩子，她只好隐忍。

若说陪伴是最长情的告白，那么对于我和哥哥，母亲必然用尽了余生的情——这些年来，她既当妈又当爸，尽量给我们温暖。在父亲离开之后，她忍着痛苦，故意不在我们任何人面前提起有关他的一切。

但我知道，母亲对父亲的思念与不舍，决然没有表面看起来这么地云淡风轻。

在父亲走了以后，我才开始懂得他们之间的爱情，虽然从未有过轰轰烈烈，却是一种平淡的相守，一种长久的信任。这么多年过去，母亲为了让我跟哥哥能自由地成长，一直坚持独自生活，多少人劝她再找个老伴，她都没有答应。

那刻我才明白，母亲对父亲的爱，就是独自承受着活在这个世界上的冷清与世俗的冷眼，不顾一切甚至是拼命，用她的母爱将自己的一对儿女抚养成人。

而父亲对我们的爱，或许早已镌刻在时光中，只等我结婚有了自己的小家庭，或许才能更加清楚明白。

写到这里，我突然想到那句话："这个世界有贫富的差距，美丑的差距，高矮的差距，性别的差距，年龄的差距，可是爱与爱之间，从来没有差距。只要是真爱，总是那么温暖感人，令人难以忘怀。"

最险恶的时候，正是拼人品的时候

最险恶的时候，正是拼人品的时候。这样的道理不管用在哪里，似乎都会成立，不管是爱情，友情，还是亲情。

看一个人对你是否真心，就看你最艰难的时候，这个人对待你的态度；看一个人的人品如何，就要看遭遇险境，事关其个人利益时，他会采取怎样的做法。

前阵子，网络上流行一篇名为《分手即见人品》的文章，写的是孟小冬跟梅兰芳分手时，彼此所做的一切行为。

今年夏天结束之前，我在一档节目里，也看过了一场所谓人品的较量。

这档节目一向打着严肃的旗帜，却走着搞笑的路线。这一次，终于爆发了一个有关人性的话题。

具体的问题是这样的：有两艘船，一艘船上百余人，另外一艘船上唯有贾玲一个人。

这两艘船都被歹徒控制了，但一百余人的那艘船有活命的机会——只要将船上的按钮按下，另一艘船会爆炸（贾玲也就"死"了），那么他们就可以得救。

那么现在问题来了，到底要不要按下这个钮？

现场的 105 位观众，有超过 2/3 选择了"应该按钮"，然后激烈的辩论开始了。

虽然最后，在蔡康永反向倒戈由按钮变作不按钮之后，在高晓松一番深有哲理的解说之后，大家都正了三观重新选择了不按钮。

但无疑，拜大家最初的选择所赐，贾玲在第一场就已经"光荣牺牲"了。

今天我把这个话题发到了我的"图书交换群"里。这个群里，我不敢说 200 多个人全部是知识分子，但起码都是热衷读书的青年朋友。

但我没想到的是，三个肯发言的男生，竟一律选择了按钮。

我不服气，有些激动地质问其中一个："如果对面不是贾玲，是你媳妇呢？"结果，对方依然一副视死如归的豪言壮语："按！"

话语未落，还刻意加一句："她死了，我大不了陪着她死。"

呵呵呵。真的可以这样轻易决定别人的生死吗？

然后，另外一个男生举出 2002 年俄罗斯军队为了歼灭恐怖分子牺牲掉 129 人的真实事例来说服我。

可是，这根本就是两码事。当时是局势所迫，杀人是为了救人，双方当事人都没有选择的余地。

可现在呢，第三方（歹徒）给了其中一方一个机会，一个活命的机会，同时也是一个考验人性的机会。

为了彻底征服我，他们还举出了"事情总要有个决断""心不狠不足以活命"等等企图说服我是"妇人之仁"。

我笑了，我的"妇人之仁"仅仅因为我是个女人？

后来，我们又谈到钱的问题。

我问："如果给你一个机会做大官，你会贪污吗？"

他们斩钉截铁地回我："不会。"甚至举出日常生活里，如果真的有贪污的心，公司分配出去买办公用品就可以回来多报销啊。

听完这些，我唯有呵呵呵。

请问：100块和100万的差别在哪里？

我相信这个世界上永远都有清者自清，面对金钱诱惑仍可眼睛都不眨一下，牢牢地守着做人的底线，做个正大光明干干净净的人。

但我真的怀疑，如果真有一百万现金砸在你面前，是否真的能做到不为所动——毕竟，很多人没有亲眼见过100万、1000万究竟代表了什么。

此时，另外一个男生说："不管多少钱，偷100块是偷，偷100万也是偷，本质上一样。"

这就好了啊，既然偷钱不管多少本质上都是一样的，那人为什么不也如此呢？上百条人命是人命，贾玲一条命就不是人命了吗？

确实是没想到，现场会有另外一半的人，愿以人多人少来决定谁该生存和死亡。

想一想，若是现实中我们真遇到这样的问题，遇到有如此思想的人，而我们自己又刚好站在那个不同的对立面上，到时候该怎么办……

想到当初泰坦尼克沉没后，只有一艘救生艇返回救人——人命关天的事情，人们在面对时，就这样淡而化之地处理掉了。

记得以前在石家庄上学的时候，我曾听同学讲过这样一个惊心动魄的故事：一对年轻的情侣在半夜返回学校的路途中，被社会上几个混混拿着刀拦截住。

其中的一个混混对男生说："你别害怕，只要把你女朋友交给我们，我们马上放你走。"

黑暗中，女孩的双眼定定地望着男孩。借着远处一盏街灯发出的微弱光芒，他看到女孩眼中充满了恐惧。

他们从进入大学的第一天起就一见钟情，如今已经平稳地走过了三个年头，再有两年，或许他们就能手牵手共同步入结婚的礼堂了。此时面对这样突如其来的险境，男孩的内心无疑是崩溃的。

他想到平时女孩总是舍不得给自己买好吃的，省下唯一的那么一点生活费，变着法地给他送礼物。甚至每年的生日，也都是女孩精心为他安排的。

想到这里，男孩也不知道从哪里来的一股勇气，直接冲着女孩大喊："你快跑！"然后用尽全身的力气，朝着那几个混混冲了过去。最终，他腰间中了两刀，重重地倒在了血泊里。

小混混或许是看到事态严重了，怕真的惹出人命，当即火速逃离了现场。

事后，女孩惊魂未定地拨打了"120"急救电话，并且一路哭着，紧紧地握着男朋友的手，将他送进了医院。

一个月后，男孩的伤势痊愈了。他的腰间永远留下了一道勇敢的疤痕。

虽然，最后，他们没能结婚组建家庭，但女孩说，她永远都会记得男孩曾为她拼命过。有了这个回忆，今后不管她再遇到怎样的风浪，都一定可以挺过去。

我们总要经历一些事情，然后才能看清一个人。

风平浪静的日子里，自然没什么机会去向另外一半表示你的勇敢和忠心。

仔细看看那些在现实中爱到死去活来的人们：结婚的时间久了，还能为生活中谁多洗了一次碗筷而争吵不休，似乎自己做了什么亏本的买卖。

我也曾在周末空闲的时间里，听到楼下夫妻们激烈的争吵声、打架声，理由无非是谁今天忘记接孩子了，害他下班又多跑了一趟；谁把厕所堵塞了，谁做饭又把油盐放多了……

这样的小事情，竟然能让在一起有了孩子的夫妻们打个鸡飞狗跳，也算是开了眼界。

相爱容易相处难。老人们的话总还是有些道理。

最险恶的时候，正是拼人品的时候。这样的道理不管用在哪里似乎都会成立，不管是爱情，友情，还是亲情。

虽说人的本性是自私的，然而我总觉得，这世上一定还有一个人，能让你感觉到，就算是牺牲掉自己的性命，也会在危险关头为他（她）挺身而出。

愿你我的心中都充满善意，在关键时刻，能救到自己的灵魂和所爱之人。

努力活出任何一个你想要的模样

我一路跌跌撞撞，不信人生会艰难到底，只信拼命，
就一定可以活出任何一个想要的模样。

能在远离家乡 1000 多公里的北京生活，我首先要感谢我的母亲。

她虽然是位再普通不过的母亲，却没有像我的某位邻居一样，
哭着喊着把她一心想飞往远方的女儿，绑在裤腰带上。

然后我还要感谢我的兄长。

我长大了，羽翼逐渐丰满。而我的母亲老了，皱纹爬满了她的
脸庞，是他全心全意地留守在家乡，非常孝顺地守护在她身旁，才
成就了我今日在北京所有的生活。

最后，我要感谢我自己。

我没有活成他们期待的模样，却成为了一个独一无二的自己。
虽然我暂时没有太多光辉耀眼的成绩，可这些年我始终在做想做的
事，也认识了一直想要结交的人。

我的母亲是位非常传统的农村家庭妇女。她希望我平平安安地
成长，然后平平安安地组建家庭，结婚生子；希望我不要妄想做什

么艺术家的美梦，而是找一份简简单单的工作，踏踏实实地过日子；甚至不希望我嫁到离她太远的地方，因为她老了，害怕一分别就是一辈子。

虽然这些话母亲从未亲口对我讲过，但每次回家，我以一个成年人的成熟，在面对母亲因苍老而越加敏感的心时，对这些期盼再清楚不过了。

但我身体里流动着一股名叫"叛逆"的血液。从小对大千世界充满了好奇的我，似乎从踏出家门的那一刻起，就注定要漂泊远方。

我爱读书，写字，看电影并不是从这两年才开始，但不知何时被冠上"文艺女青年"的称号。这使朋友在跟我逛街时，每次透过橱窗看到略显小清新格调的草帽和裙子，总要调侃一句："这身适合你。"

但我不管这些。

甚至我从未想过要出版书籍，拥有一本真正属于自己的书。走到今天，有太多的事情属于机缘巧合。我想，这可能就是人们以前常说的"船到桥头自然直"。

我是母亲一手带大的，她最清楚我的脾气。她知道我没办法按照她的意愿生活，只好放心地把我的人生全权交由我自己打理。只是每次临行前，都会一再地叮嘱我，好好做每个决定。

好好做每个决定。大的，小的。这是母亲——一个因各方面原因，只接受了三年初始文化教育的寻常妇女，所能教给我的最大道理。

她常调侃我说："你是大学生呢。"或许有那么一刻，在我挑灯夜读备战考试时，坐在一旁为我缝缝补补的她，也曾放下手中的针线，让自己的思绪在我的身上晃那么一会儿神。

我知道，如果不是当时姥姥家要养活的孩子太多，而母亲又是家中长女，她一定会想继续上学读书的。

所以，她可以理解一个大学生不安心于家里——在一个破败的小城镇上平平淡淡地度过余生的想法。也许她也想说电视剧里那些母亲对她女儿所说的话："你可千万别像妈这样。"

又或者，她所有的能力无法使她告诉我，究竟应该用怎样一种方式，对待我——

幸运的是，我清楚母亲的心意。

这些年，我在城市里独自生活，也有快支撑不下的时候。寒冬夜里，一个人顶着风雪，踩着路上的滑冰，跟跟跄跄地回到家。

打开屋子里的灯，房间里瞬间膨胀溢满暖黄色的灯光，这场景给我带来短暂的温馨。

可家里是冷锅冷灶，没有那个熟悉的身影，也没有一碗冒着热气的面汤。每到这个时候，已经拥有七年社会生存经验的我，还是无法释怀对故乡和母亲的牵绊。

冷冰冰的。四周决然不像一个家。可是我之所以会在这里，是为了能让我和母亲将来过上更好的生活。

这些年，我坚持读书，写字，赚来的钱舍不得花，买了各种她可能会喜欢的衣服、鞋子。有时自己带回家，有时委托同在北京的表妹带回去。

母亲每次嘴上都说着不要不要，钱你自己存着。可我知道，收到东西的那一刻，她的内心是温暖的。

回首这些年，我始终没有按照母亲的意愿，接受命运给我的安排。更像每天都在逆风飞翔，不管有没有飞上天空，不管有没有受伤。

我一路跌跌撞撞，不信人生会艰难到底，只信拼命，就一定可以活出任何一个我想要的模样。

后记

你可以在心中修篱种菊

从前我有一个一直活得很潇洒的朋友。

他喝酒，读书，在春天本应播种的季节，跑到远离人间荒无人烟的大山里，感受生机盎然的绿意。

到了民间谈婚论嫁的年纪，他似乎也并不着急，偶尔会跟我描述起，心中理想女孩的模样。

不习惯朝九晚五的工作，平常靠给各个文化公司、影视公司写写画画挣点生活费，生活节奏倒也缓和。

不喜欢交际。人们玩的那些微博、微信他都不涉及，只是每天准时看《新闻联播》，对国家每件大事小事都很关心。

一度定居在距离市中心很远的郊区，平房的四周扎了篱笆，种满蔬菜瓜果和雏菊。那种别具乡村诗意的图画，常令我说再有一匹白马，算是把诗人海子描述的生活，统统搬进了现实里。

我一度好奇，他是如何在这样一个充满浮躁气息的城市，如愿地按着自己的脾性，肆意地装扮生活。

满心期待他给我一个震惊眼球的答案，却不曾想就是这么一句："比起世人看我的眼光，我更在意自己如何看待这个世界。"

我们都没有研究过心理学，说不出什么听上去就很高端的大道理。但是我们都感受到了，所谓世界观就是各种事情对你造成的感官体验。

比如，你考试很糟糕，那么这个世界对你来说就很糟糕；你要结婚了，这个世界就变成了全部的欢喜。总之，世界就是各种事物在你身上形成的一种投射。

每个人眼里的世界都不尽相同。大的环境我们无从选择，可是眼前的世界，却可以通过努力，紧紧攥在自己的手心。

我问他："为什么你跟寻常的年轻人不一样？"

他冷冰冰地回我："怎么才算一样？上朝九晚五的班，为了项目在公司加班到深夜，攒好久的钱去一趟向往的远方，然后跟不知道喜不喜欢自己的某个女孩结婚生子，然后为生活劳碌到死？"

"你看我，一样为了生计漂泊在此，一年回家与亲人团聚的日子也寥寥可数，偶尔也会担心米缸少米，这不是一样的生活，又是什么？"

"可是你有一座远离硝烟的小院啊，而且你在里面种满了雏菊。"

他淡淡地望向远方，很久才说："我的心里，更多。"

这是一个我看来与大众不太相同的人，他生活的方式似乎比我们更自由。相比之下，很多人总是很容易沦为眼前世界的奴隶，却忘记了我们本该是世界的主人。

现在，我希望我自己也能拥有像他一样开阔的胸襟，即便身处物欲横流的都市，也能在心中植满别致清新的菊。

我想我一定可以的。